부끄러움들

부끄러움들

2011년 7월 30일 처음 찍음 | 2013년 11월 5일 다섯 번 찍음

지은이 정영선 | 펴낸곳 도서출판 낮은산 | 펴낸이 정광호 | 편집 신수진 | 디자인 박대성 | 제작 정호영 | 영업 윤병일
출판 등록 2000년 7월 19일 제10-2015호 | 주소 121-842 서울시 마포구 서교동 463-30 서광빌딩 4층
전화 02-335-7365(편집), 02-335-7362(영업) | 팩스 02-335-7380
홈페이지 www.littlemt.com | 이메일 littlemt2001ch@gmail.com | 트위터 @littlemt2001hr
제판·인쇄·제본 상지사 P&B

ISBN 978-89-89646-69-3 43810

부끄러움들

정영선 장편소설

낮은산

차례

어둠 속에서도 랄치의 가슴은 여전히 예뻤다.

그런데 랄치 엄마는 왜 브래지어를 며칠 동안이나 베란다에 널어 둔 것일까.

나는 랄치의 가슴이 베란다에 걸어 둔 브래지어라도 되는 듯

멍하니 보고 있었다.

우리 학교 글쓰기 반

        큰길에서 보면 우리 동네 집들은 비스듬한 벽을 타오르는 담쟁이들 같다. 햇빛을 반사하는 큰 유리창도, 이불을 널 수 있는 널찍한 베란다도 없다. 소포를 받아 주는 경비 아저씨도, 무거운 짐을 실어다 주는 엘리베이터도 없다. 사각형 반창고만 한 창문이 바다를 향해 나 있을 뿐이다. 그래서일까, 다닥다닥 붙어 있는데도 조금 외로워 보이기도 한다.

    교실에 앉아서 보면 비탈길을 내려오는 버스들이 놀이동산의 롤러코스터처럼 재미있어 보인다. 내려올수록 탄력이 붙으면서 몸이 앞으로 쏠리고 아아악, 즐거운 비명이 입 밖으로 흘러나올 것이다. 막상 타 보면 보는 것하고 다르다. 다리에 힘을 주고 두 손으로 손잡이를 꽉 잡아야 한다. 그러지 않으면 버스 바닥에 뒹굴거나 기사 아저씨 쪽으로 튕겨 나갈 것이다. 옆 학교 남학생과 부딪힌 후 절대로 버스를 타지 않는 친구도 있다.

    차 두 대가 내려간 다음 올라온 버스가 복지회관 앞을 지나가고 있다. 저쯤에서 버스는 노인의 오래된 기침처럼 낮고 무거운 엔진 소리를 낸다. 그 소리를 들을 때마다 버스에 탄 게 미안했다. 내려서 밀어야 하는 건 아닌지 싶기도 했다.

버스는 수정교회 뒤편 이층집을 지나면 더 이상 보이지 않는다. 내리막길이기 때문이다. 주욱 내려가다가 수정아파트에서 오른쪽으로 꺾이면서 다시 오르막이다. 우리 집은 그 오르막길에 있는 연립주택이다. (엄마는 꼭 빌라라고 한다.)

방 3칸짜리 아파트를 가지는 게 꿈이었던 엄마가 결혼한 지 18년 만에 산 집이다. 엄마 소원대로 방 3칸에 목욕탕도 두 개이긴 하지만 이렇게 해발 400미터 높이에다가 집을 살지는 정말 몰랐다.

이사를 온 날 엄마는 옷방으로 정해 놓은 문간방에서 울고 있었다. 방 3칸짜리 연립을 산 게 그렇게 감격적인가. 나는 조금 어이가 없었지만 모르는 척했다. 아빠도 마찬가지였다. 삼천포 출신이면서도 마치 바다를 처음 본 사람처럼 틈만 나면 베란다에서 창밖을 내다보며 아이처럼 고함을 질렀다.

"이얏! 부산항이다."

그전에는 어디에서 살았냐고? 5학년 때 삼천포에서 전학을 왔다. 처음 살았던 곳은 범전동 미군 부대인 하야리아 부대 담벼락 밑이었다. 집도 골목도 햇빛이 들지 않아 축축하고 어두웠다. 중학교 때 단독주택 이층 독채에 전세를 얻어 그곳을 벗어났는데, 이번에는 너무 높은 곳이라 집에 닿기도 전에 귀가 먹먹해지곤 했다. 그런 곳에 살았으니 아빠와 엄마의 기쁨이 이해되기도 했다.

디리리 리리리링.

아, 수업 시작종이다. 정신을 차리고 4층 소강의실로 가야 한다. 글쓰기 반 수업이 있다. 5반 혜선이가 벌써 데리러 왔다. 얼마 전 강당에서 전체 조례를 할 때 연못 옆 벤치에 대(大)자로 누워 일광욕을 했던 아이다. 쉰 넘은 담임선생님이 허겁지겁 뛰어내려 왔다. 입술이 새파란 가지색이었다.

"어디 아프냐?"

"아뇨."

혜선이는 담임이야말로 어디가 아픈 것 같아 벌떡 일어났다고 했다. 그 뒤부터 혜선이 별명이 '대자로 뻗은 애'다.

나는 심온이다. 별명은 사이먼이고. 중학교 때까지만 해도 '시몬스 침대'였는데 고등학교 올라와서 사이먼으로 바뀌었다. 미국인가 캐나다에서 2년간 살았다는 1학년 때 반장이 영어책에 써 놓은 내 이름 Simon을 보고 '사이먼'이라고 읽으면서부터였다. 버터 바른 듯한 발음이 마음에 들지 않았지만(R자가 하나도 없는데도 서너 개 있는 것처럼 혀를 굴렸다) 그 말은 마음에 들었다.

2학년 올라와서는 필명으로 사용했다. 글쓰기 반 선생님은 우리가 아직 어려 자신의 환경을 잘 벗어나지 못한다면서, 필명을 사용하면 글을 쓰는 것도 친구가 쓴 글에 대해 비판하는 것도 편할 것이라고 했다. 알 듯 말 듯한 말이었지만 어쨌든 나는 심온보다는 사이먼이 예비 작가 이름으로 더 근사하게 들렸다.

초등학교도 아니고 고등학교에 무슨 글쓰기 반이냐고? 미안하지만 나는 그렇게 묻는 사람이 제일 싫다. 평생 더하기 빼기 나누기 곱하기 외에는 어떤 계산도 하지 않을 것이며 그나마도 계산기를 사용하다 죽을 것인데, 자연반도 아니고 인문반에서 보충수업 포함 일주일에 9시간씩 수학을 한다는 게 더 이상하지 않은가. 처음에는 급훈대로, 피할 수 없다면 즐기기로 했다. 자거나 수학 문제를 푸는 척 노래 가사를 정리하거나 선생님의 출렁이는 배를 구경하거나 양말이 어제 신은 것과 같은가 다른가를 검사하거나……. 하지만 그것도 하루 이틀이지, 대부분의 시간에 잠을 잤다. 선생님들도 이제 거의 포기할 무렵 내 눈이 번쩍 뜨이는 방과 후 과목이 소개되었다. 문학적 글쓰기 반. 고등학교 와서 글쓰기라면 독서 논술이 유일했는데, 한번 신청했다가 토할 뻔했다. 지문을 요약하고 두 지문을 비교 설명하고 해결책과 그 근거를 제시하고……. 어쩔 수 없이 피 같은 돈 수업료 3만 원을 포기했다. 그런데 아주 키 작은 선생님이 새로 전근 오시더니 문학적 글쓰기 반을 개설했다. 논술 수업이 생각나 많이 망설였지만 한 번 더 돈을 버리는 셈 치고 신청했다. 지금은 어떻냐고? 적어도 돈이 아깝지는 않다. 독서 논술보다 백 배 천 배 만 배 낫다.

글쓰기 반 선생님을 소개해야겠다. 선생님은 아까 말한 대로 키가 매우 작은데, 글쓰기에 대한 열정만은 노벨문학상감이다. 그 작은 키로 대입 성적에 목매는 우리 학교에 와서 글쓰기 반을 개설한 것과 평소 수업과는 달리 글쓰기 수업만 하면 눈이 반짝반짝 빛나는 것이 그렇다. 그러나 무엇보다 한 달에 한 번꼴로 우리에게 먹을 것을 사 주시는 것이 가장 의미심장하다. 여태껏 우리에게 그렇게 먹을 것을 사 주는 선생님은 없었다. 그런데, 좀 죄송하지만 선생님은 가난하게 생겼다. 낡은 아반테 승용차 한쪽은 긁혀서 녹이 슬고, 머리는 부스스하고, 퍼석퍼석한 얼굴에 언제 빨았는지 모를 꼬깃꼬깃한 청바지……. 입술에 바른 빨간 루즈만이 선생님이 '여성'임을 알 수 있게 했다. 그런 분이 우리가 지칠 때면 지갑을 열어 만 원짜리를 꺼내 주시는 모습은 볼 때마다 감동적이었다. 물론 조금의 망설임이야 없지 않지만.

아무튼 우리는 한 달에 한 번꼴로 아이스크림을 먹으면서 수업을 했다. 수업도 재미있는데 거기다 아이스크림까지. 내겐 천국이었는데 아이들은 지겨웠던 것일까, 15명의 아이들 중 6명이 떨어져 나가고 9명이 남았다. 9명이라면 강좌 개설 인원에 못 미쳤는데도 폐강시키지 않는 걸 보면 학교도 아예 맛이 간 건 아닌 모양이다. 아홉 중에 아직 선생님이 사 주시는 아이스크림 맛에 취한 아이들이 셋 있고, 오갈 데 없어 죽치고 있는 자연반 아이가 둘이다. 결국 나, 혜선, 영인, 신영, 이렇게 넷이 선생님의 수제자인 셈이다.

'대자로 뻗은 애' 혜선이는 선생님한테 상상력의 폭이 크다고 칭찬받는 아이지만 늘 이야기가 종잡을 수 없고 웃지 않아야 할 순간에 큭큭 웃는다. 아주 낡은 휴대폰으로 얼마나 사진을 많이 찍는지 글쓰기 반보다는 사진 반에 가야 하지 않았을까 싶다. 신영이는 박세리만 한 허벅지를 벌리고 수업을 해서 선생님들을 놀라게 했는데, 가정 선생님이 지적을 해도 왜 불편하게 허벅지를 모아야 하는지 그 이유를 모르겠다며 당당했다. 두 다리를 모으는 것이 수학의 함수보다 더 어렵다고 해 이번에는 우리를 놀라게 했다. 신영이는 글보다는 거침없는 행동으로 사람들을 감동시키지 않을까. 영인이는 공부를 잘한다. 전교에서 열 손가락 안에 든다. K대 문창과가 꿈이란다. 나한테는 선생님이 뭐라고 하느냐고? 잘하고 있다고 하신다. 정말이다.

우리는 일주일에 두 시간씩 다른 아이들이 영어 수학 공부를 할 때 글쓰기 수업을 했다. 친구들이 글쓰기 수업 시간에 무슨 공부를 하냐고 물었다. 진짜로 궁금한 듯이 묻는 호기심이 반, 대학 입시 앞두고 유치하게 웬 글쓰기 공부냐고 한심해하는 눈빛이 반이었다. 그런데 그게 참 이상했다. 배울 때는 무척 거창했는데 막상 이야기를 하려고 하면 할 만한 게 없었다. "문단 나누기의 중요성에 대해서 배웠어." "'나'로 시작하는 글쓰기와 '그녀'로 시작하는 글쓰기의 차이를 배웠어." 수능에 나올 리 없는 이런 말을 하는 게 어쩐지 부끄러웠다.

우리는 백일장 입상을 목표로 공모전 당선작을 읽고 토론하고 또 같은 제목으로 작품을 썼다. 그러다가 며칠 전부터 선생님이 이제 긴 글을 읽어 보자 하시며 누가 쓴 것인지 분명치 않은 소설을 나눠 주셨다. 첫 번째 작품이 「브래지어」였다. 제목부터 이상하다고 웅성거렸다. 그래도 '팬티'보다는 나은 제목 아니냐고 수군대기도 했지만, 얘기해 놓고 보니 어쩐지 예비 작가들이 할 말은 아닌 것 같아 얼굴이 붉어졌다.

킥!

글을 읽던 아이들이 동시에 웃었다. 주인공 이름 때문이다. 랄치라니. 선생님이 슬쩍 눈총을 주었다. 곧 마른기침 소리와 함께 종이 넘어가는 소리가 났다. 박자를 맞추듯 검지손가락으로 책상을 두들기며 소설을 읽던 신영이가 갑자기 심각한 얼굴로 물었다.

"사이면, 너는 얼마짜리냐?"

"뭐가?"

나는 알면서도 모르는 척했다.

신영이는 나를 상대하기 싫다는 듯 옆 분단에 앉은 혜선이에게 고개를 돌렸다.

"이 아줌마 이상하지 않나?"

"왜? 비싼 부라자 사 주어서?"

"그것도 그렇고. 왜 그걸 오 일 동안 베란다에 널어 두는데?"

영인이가 조심스럽게 끼어들었다.

"오징어로 생각한 거 아닐까?"

"뭐어? 오징어?"

혜선이와 신영이가 동시에 대답했다. 말도 안 된다는 표정이었다.

"아닌가?"

영인이가 자신없다는 듯 꽁무니를 뺐다.

"그랬을 수도 있지."

선생님이 영인이를 거들었다.

"힐! 웬 오징어."

혜선이가 동의할 수 없다는 듯이 투덜거렸다.

"너는?"

선생님이 신영이에게 물었다.

"잘 모르겠어요."

신영이 시큰둥하게 대답했다. 나도 조금 짜증이 났다. 그게 그렇게 중요한가? 선생님이 브래지어에 집착하시는 게 의아했고 배도 엄청 고팠다. 엘리베이터 쪽에서 밥수레 오는 소리가 들렸다. 이 정도에서 좀 마쳐 주시지. 나는 허기진 배를 쓰다듬었다. 선생님은 브래지어가 뭘 의미하는지 지금 이야기하지 않으면 숙제를 낼 거라고 했다. 아이들이 숙제는 끔찍하다는 듯이 한마디씩 말을 하기 시작했다. 여성의 상징, 여성의 정체성, 모녀의 소통……. 한마디도 않고 있던 혜선이가 신경질적으로 말했다.

"마칠 시간이에요."

선생님은 레이저 광선을 뿜으며 혜선이를 쏘아보더니 무거운 목소리로 말했다. 브래지어는……. 선생님의 목소리는 그때 친 종소리에 묻혀 잘 들리지 않았다. 하지만 선생님이 내게 하는 말만은 또렷이 들렸다.

"사이먼, 파일 줄 테니 풋글에 올려."

풋글은 학교 홈페이지에 있는 글쓰기 반 방이다. 최고 조회 수 11명, 최저 조회 수 2명. 그 관리자가 바로 나 사이먼이다. 여러분 중 누군가 「브래지어」를 읽고 무슨 느낌이 들었는지 댓글로 달아 주면 좋겠다.

브래지어

랄치는 아랫동네에 살고 나는 윗동네에 산다. 행정구역상 같은 동이지만 하늘과 땅만큼의 차이가 난다. 윗동네는 새로 개발한 시가지로 큰 건설사의 대형 아파트가 늘어서 있고 아랫동네는 임대아파트 단지로 기초생활수급자 수가 엄청나다고 한다. 당연히 윗동네 사람은 아랫동네 사람을 은근히 무시하고 경계했는데 엄마도 마찬가지였다. 내가 아랫동네에 사는 랄치랑 친하게 지내는 것을 좋아하지 않았다. 2학년 때도 같은 반이 되자 노골적으로 실망하고 걱정하는 표정이었다. 랄치가 나보다 공부를 못했으면 당장 같이 다니지 말라고 고함을 질렀을 것이다. 아마도 오늘처럼 랄치가 학원 숙제를 가지러 집에 가는 길까지 내가 따라가는 걸 알면 이틀쯤 아침을 차려 주지 않을지도 모른다.

현관 밖 계단에 앉아 랄치를 기다렸다. 랄치가 집에 들어가자고 했지만 벚꽃이 더 좋다고 둘러댔다. 랄치는 속마음을 읽었다는 듯이 조금 굳은 표정으로 현관 안으로 들어갔다. 그래도 진짜 벚꽃이 좋아 그러고 있는 것처럼 관리실 옆의 벚꽃을 보고 있었다. 팔뚝만 한 벚나무는 사실 강냉이 몇 개 붙은 것처럼 볼품이 없었다. 그저 벚꽃에 눈을 박고 지난가을에 본 랄치 할머니 생각을 하지 않으려고 애를 썼다.

내가 꾸벅 인사를 하자 할머니가 물었다.

"누구시요잉."

"내 친구야."

랄치가 대신 대답했다. 할머니는 고개를 끄덕거렸지만 나를 본 것 같지는 않았다.

"우리 할매는 아빠하고 할배만 생각해. 아빠는 돌아가신 지 십 년, 할배는 돌아가신 지 이 년이 지났는데 밥 먹을 때도 잠시 밖에 나간 사람처럼 꼭 챙겨."

윽, 나는 칼에 베이기라도 한 것처럼 비명을 삼켰다. 아빠가 돌아가셨다는 사실보다 그 이야기를 태연하게, 마치 출장 가신 지 십 일 정도 된 것처럼 이야기하는 것에 더 놀랐던 것 같다.

"야, 벚꽃 처음 보나!"

랄치 목소리였다. 나는 할머니 생각을 지우며 천천히 돌아보았다. 랄치의 가슴이 두 눈 가득 들어왔다. 오똑하고 팽팽했다. 제 엄마가 며칠 전에 사 주었다는 브래지어를 했나 보다. 가시나 저것 한다고 늦었나. 짐작은 하면서도 낯설어서 일단 모른 척하기로 했다.

"니는 숙제 다 했나."

랄치가 물었다.

"영어는 다 했고……."

갑자기 랄치가 고함을 지르며 진입로 쪽으로 달려가는 바람에 수학 숙제는 니 것 베껴야겠다는 말까지는 하지 못했다. "엄마!"라고 한 것 같았다.

양손에 대형 마트 비닐봉투를 든 여자가 아파트 쪽으로 걸어오고 있었다. 보라색 원피스에 회색 카디건, 검은 단화의 세련된 분위기였다. 나는 다른 사람이 있나 주변을 살폈다. 아무도 없었다. 랄치는 더 크게

"엄마!"라고 부르며 삼사 년 만에 만나는 것처럼 달려갔다.

"안녕하세요."

나는 조금 떨어진 곳에서 어정쩡하게 인사를 했다.

"아, 윤정이 친구구나."

아줌마는 조금 놀란 듯 눈을 크게 뜨고 인사를 받았다.

"엄마, 얘가 유진인데 나를 랄치라고 불러. 날치처럼 빠르다는 뜻이라는데, 실제로는 날라리란 뜻일 거야. 그래도 좋은 친구야."

아줌마가 나를 향해 활짝 웃었다. 얼굴이 온통 주름으로 엉망이 되었다. 눈, 입, 콧등……. 얼굴을 제대로 볼 수가 없었다.

"그래, 이야기는 많이 들었다. 가만있자, 맛있는 게 있을까."

아줌마는 들고 있던 비닐봉지를 급하게 뒤졌다. 우유, 요구르트, 참치, 두부, 라면……. 거의 다 1+1인 물건이거나 대용량이었다. 나는 그 틈을 타서 아줌마를 구석구석 관찰했다. 길쭉한 손가락, 가느다란 발목, 계란형 얼굴이 세련되어 보여서는 아니었다. 죽은 남편과 아들에게 밥을 권하는 시어머니를 모시고 사는 사람이면 뭔가 남다른 데가 있지 않을까, 그런 호기심 때문이었다. 아줌마는 테이프에 묶인 과자 묶음을 집어들었다.

"이거 좋아하나 모르겠네."

아줌마가 크래커를 내밀었다. 손도 구겨 놓은 은박지처럼 주름이 가득했다.

"쟤 아무거나 잘 먹어. 엄마 안녕."

랄치가 잽싸게 과자를 받아 들고 돌아섰다. 나도 엉거주춤 인사하고 랄치 뒤를 따랐다.

　랄치는 과자봉지를 뜯어 나에게 서너 개 집어 주고 나머지를 한입에 넣었다. 씹는 소리와 함께 과자가루가 입 밖으로 튀어나왔다. 곧이어 빈 봉지를 호주머니에 넣고 스윽 입 주위를 한번 훔치더니 '범프 오브 치킨'의 〈이카(오징어)〉를 부르기 시작했다. 요즘 랄치가 꽂혀 사는 일본 밴드였다. "수탉처럼 목청이 좋다는 뜻?" 했다가 맞아 죽을 뻔했다. B,U,M,P,O,F,C,H,I,C,K,E,N! 군중과의 충돌, 뭐 그런 뜻이란다. 아무튼 그냥 닭보다는 뭔가 있어 보였다. 랄치는 일본말을 배운 적도 없는데 그 노래는 잘 불렀다. 스나노 우에데 오도리 다시타네(모래 위에서 춤추기 시작하면) 다레모 요세쓰케나이(아무도 다가갈 수 없어)……. 이카 이카 이카……. 나도 그 부분은 따라할 수 있었다. 가사대로 투명하도록 흰 오징어가 열 개의 다리로 모래밭을 걸어가는 해변이 떠올랐다.

　"야!"

　랄치가 옆구리를 쿡 찔렀다.

　"알고 있거든!"

　나는 약간 신경질적으로 대답하며 고개를 들었다. 랄치의 오똑하고 팽팽한 가슴이 또 두 눈을 가득 채웠다. 여전히 낯설었다. 아이들이 어느새 우르르 강의실 문으로 나가고 있었다.

　"종소리 듣는 것 보니 떡실신은 아니네."

　랄치가 책가방을 메며 말했다. 수학 시간에 꾸벅꾸벅 졸다가 엎드려 잔 것을 놀리는 것이었다. 잘난 척하는 랄치가 미웠다.

"나도 니 영어 시간에 자는 것 봤거든."

내가 쏘아붙이자 랄치는 할 말이 없다는 듯이 입을 쩝쩝 다셨다. 그렇게 지지고 볶고 투덕거려도 나에게는 랄치가, 랄치에겐 내가 가장 만만한 친구였다. 숙제한 것도 보여 주고 새로 산 음악 시디도 일주일 이상 빌려 주고 숟가락통 깜빡했을 땐 숟가락도 빌려 주고 체육복이 없을 땐 체육복도 빌려다 주고…… 물론 미울 때도 있었다. 저번 반장 선거 때는 진짜 미웠다. 랄치 때문에 재투표를 했고, 재투표 후에도 십 분 넘게 붙들려 있어야 했고, 그러고도 담임에게 붙들려 간 랄치를 또 기다려야 했다.

민정이랑 동호가 반장 후보였는데 18:18, 거기에 기권표가 하나 있었다. 아이들은 누가 기권을 했는지 알고 싶다고 했다. 안 그러면 재투표를 하지 않을 분위기였다. 그때 랄치가 손을 들었다. 아이들과 선생님은 모두 랄치를 째려보았다. 랄치는 기권도 투표방법의 하나라는 듯 당당했다. 선생님도 인정하기는 했다. 그래도 우리 반을 위해 고생할 반장을 뽑는데 기권을 한다는 건 너무 무성의하다고 하셨다. 지당한 말씀이었다. 그런데 랄치는 재투표에서 또 한 번 반을 뒤집었다. 투표용지에 민정이의 이름을 적고 그 밑에 '사랑해 동호'라고 적은 것이었다. 개표를 하던 아이가 선생님에게 그 투표용지를 보여 주며 누구를 찍었는지 모르겠다고 했다. 선생님은 일단 민정이 표라 하고 동호를 불러 자초지종을 캐기 시작했다. 동호는 목까지 발개진 채 민정이를 좋아하지 않는다고 했다. 이번에는 민정이의 얼굴이 하얗게 질렸다. 그래도 담임은 필적 검사를 해야겠다며 동호에게 노트를 가져오라 했는데 노트를 가지러 가던 동호가 갑자기 욕 비슷한 것을 하며 밖으로 뛰쳐나갔다. 이번에는 선생님이 하얗게 질렸다. (역시 삼각관계는 삼각함수만큼 복잡하다. 요약하자면 이렇다. 민정이는 동호를 좋아하고 동호는 랄치를 좋아하고 랄치는 동호를 싫어한다는 것이다.)

결국 랄치가 자수를 했다. 교무실에 붙들려 간 랄치는 주번과 방과 후 수업하는 애들이 집에 갈 때가 되어서야 나타났다. 나는 허리를 툭툭 치며 뭐 그렇게 오래 걸렸냐고 인상을 썼다. 동호가 졸졸 따라다녀 귀찮아서 그랬다고 하면 간단했을 걸 두 시간 가까이 끌었던 것이다.

"담임이 집에 전화한다잖아."

"전화? 니네 집에?"

나는 묻다 말고 웃었다.

누구시요잉. 랄치 할머니와의 통화는 그것이 처음이고 중간이고 끝이었다. 할머니는 목소리로 전화한 사람의 얼굴을 확인이라도 하려는 듯 몇 번이나 그렇게만 물었다.

"누구시요잉, 누구라 캤소, 나는 무신 말인지 도저히……."

"할머니, 저 윤정이 담임 됩니다. 담임이이라고요."

담임과 할머니의 말이 전화선 가운데서 서로 엉키고, 할머니는 모르쇠로 일관했을 것이었다. 나는 당황하는 담임의 얼굴이 떠올라 도저히 웃음을 멈출 수 없었다. 랄치는 내가 웃는 게 거슬렸는지 저 혼자 길을 건너가 버렸다.

슬쩍 랄치의 마음을 떠본 건 재래시장 근처 교복집 앞에서였다.

"동호 괜찮은 앤데 잘해 보지 그랬어."

랄치는 그 말이 달팽이관에 도착하기도 전에 단호하게 대답했다.

"여자 따라다니는 남자는 믿을 게 못 돼."

"차 탈래?"

랄치가 학원 승합차 앞에서 물었다. 랄치의 아파트는 걸어서 10분, 우리 집은 25분 정도 걸린다. 차를 타면 훨씬 빨리 갈 수 있었지만 비가 오거나 춥지 않으면 걸어 다녔다. 물론 엄마에게는 학원 차가 빙빙 돌아서 가고 안에서 이상한 냄새까지 난다고 둘러댔다. 진짜 이유는 랄치랑 걸어가는 게 훨씬 재미있기 때문이었다. 그런데 오늘은 비도 오지 않는데 랄치가 차를 타겠냐고 묻는다. 얼굴도 어두워 보였다. 그럴 때마다 랄치의 집안 사정이 떠올라 얼굴을 마주 보기가 힘들었다. 나는 간지럽지도 않은 목 뒤를 긁으면서 눈을 내리깔고 말했다.

"속이 안 좋아. 차 타면 멀미할 것 같아."

랄치는 내 말이 끝나기도 전에 벌써 큰길 쪽으로 성큼성큼 걷고 있었다. 나는 불 켜진 가게를 들여다보며 하나 마나 한 소리를 계속 늘어놓았다. 저 집 닭에서는 비린내가 난다, 저 가게 빵은 너무 달다, 저 약국에는 싸구려 약만 갖다 놓는다……. 랄치는 별 반응이 없다가 속옷가게 앞에서 걸음을 딱 멈추었다. 대낮처럼 환한 진열장 안에 브래지어와 팬티만 입은 마네킹이 서 있었다. 평소에 별 관심이 없던 가게였는데, 랄치가 유리창에 바싹 다가가 손가락으로 무언가를 가리켰다.

"이 상표네. 비너스."

"응?"

나는 조금 뒤에야 랄치의 말을 알아차렸다.

"너 엄마가 새로 사 주었다는 거?"

랄치는 들은 체도 않고 가게 유리에 머리를 붙이고 안을 들여다보았다. 제가 한 브래지어랑 같은 게 있나 찾는 모양이었다.

"야! 여기 말고 할인매장에서 샀을 수도 있지."

랄치 엄마가 이런 화려한 가게에서 브래지어를 샀다는 걸 믿을 수 없었다. 랄치네는 우리보다 14평이나 작은 아파트에 살고, 랄치 엄마는 교무실에서 사무보조 일을 한다고 했다. 선생님이나 행정실 직원보다 월급이 훨씬 적다고 했다. 물론 엄마에게 들은 말이었다. 그런데 비너스 브래지어라니.

계산기를 두들기던 주인이 고개를 갸웃거리며 천천히 걸어와 찾는 게 있냐고 물었다. 나는 아니라고 손을 내저으며 랄치의 교복을 잡아당겼다. 하지만 랄치는 몸을 앞으로 쑥 내밀었다. 계속 당기다가는 단추가 뜯길 것 같아 어쩔 수 없이 손을 뗐다. 그 순간 랄치는 가게 안으로 들어갔다.

색색깔 속옷이 진열된 가게 안은 햇살이 스며든 물속 세상 같았다. 알록달록 브래지어 사이로 귀여운 물고기들이 헤엄쳐 다닐 것 같았다. 여자용 팬티는 오징어 같았고 남자용 사각 팬티는 가오리 같았다. 엉덩이가 반들반들한 랄치의 검은색 교복 치마, 검은 스타킹, 때 묻은 운동화가 아름답고 깨끗한 바다를 오염시키는 것 같아 민망한 마음이 들었다. 랄치에게 어서 나오라고 손짓을 했다. 랄치는 나를 힐끔 보고도 진열장 안을 들여다보며 뭐라고 말을 하고 있었다. 잠시 뒤 주인이 겹겹이 포개진 브래지어 중 하나를 꺼내고 있었다. 나는 더 이상 랄치를 보고 있을 수 없어 휴대폰 가게 쪽으로 걸음을 옮겼다.

곧 가게 문이 열리고 랄치가 나왔다. 내가 너무 요란을 떤 것 같아 머쓱했지만 궁금하기도 해서 팔짱을 끼며 물었다.

"엄마가 사 준 기 있더나?"

랄치는 얼굴도 돌리지 않고 말했다.

"팔만삼천 원이란다."

"진짜?"

나는 랄치의 팔을 붙잡고 멈춰 세웠다. 표정을 보니 거짓말은 아닌 모양이었다. 당장 랄치를 끌고 주변 건물 화장실로 가 브래지어 좀 보여 달라고 말하고 싶었다. 솔직히 랄치보다 잘사는 집 딸인 나도 이때까지 마트에서 파는 만오천 원짜리 브래지어 외에 다른 걸 한 적이 없는데, 팔만 원이 넘는 브래지어라니. 이해할 수가 없었다.

"그 돈이면 스키니진 사 달라고 하지. 세일하면 좋은 것도 칠만오천 원밖에 안 한다는데……."

내 돈도 아닌데 아까워서 볼멘소리가 나왔다.

"그러게."

랄치가 맞장구를 쳤다.

"곱게 크라고 사 준다는데, 부라자를 옷 밖에다 하는 걸로 착각했나……."

랄치가 제 엄마 흉을 살짝 보고 와하하 웃었다. 곱게 크라니, 감동적이잖아. 나는 웃고 있는 랄치의 등을 때렸다.

"야, 웃을 일이 아니잖아."

랄치가 웃음을 그치고 큰 고민거리라도 있는 듯 고개를 숙이며 말했다.

"우리 엄마 브래지어는 오 일째 베란다에 걸려 있어."

"뭐?"

랄치가 하도 심각하게 말해서 나는 되물었다. 랄치는 두 번 다시 말하기 싫다는 듯 굳게 입을 다물었다.

"깜빡하셨을 수도 있지. 니가 걷으면 되잖아."

나는 대수롭지 않게 말한 후 랄치 얼굴을 살폈다.

"그냥 놔둘래."

랄치가 시무룩하게 말했다.

"왜?"

나는 갑자기 그 일이 좀 심각하게 느껴졌다. 무슨 만국기도 아니고……. 털털한 우리 엄마도 속옷만은 목욕탕 수건걸이나 베란다 구석에 널고 마르자마자 걷는 것 같았다. 그것을 며칠이고 햇빛에 널어 두는 일은 본 적이 없었다. 그런데 랄치 엄마처럼 깔끔하고 조신하게 생긴 여자가 브래지어를 오 일 동안 베란다에 널어 두다니, 이상하지 않은가 말이다.

"아, 알겠다. 걷다가 물에 빠뜨린 거야. 다시 말려야 되고. 맞지?"

'그랬겠네' 같은, 무슨 반응이 있어야 할 순간인데 아무 반응이 없었다.

"아니야?"

내가 다시 묻자 랄치는 시무룩하게 말했다.

"모르겠어."

"그럼, 왜……."

랄치는 머리를 긁적였다.

"오징어로 아시나 봐."

랄치는 범프 오브 치킨의 노래 〈이카〉를 다시 불렀다. 스나노 우에데 오도리 다시타네 다레모 요세쓰케나이…….

'오징어가 아니라 브래지어가 모래밭을 걸어 다닌다는 거야 뭐야? 말도 안 돼.'

내가 손을 들어 등짝을 때리려 하자 랄치는 사거리 쪽으로 도망을 갔다. 진짜 날치처럼, 뛰어가는 정도가 아니라 날아가듯 빠른 속도였다. 내가 헥헥거리며 뒤따라가는 소리를 듣고도 아랑곳없이 더 빨리 달아났다. 사거리 가까이 와서 보니 저 아래 큰길 신호등 앞에 멈춰 서 있었다. 내가 숨을 몰아쉬며 겨우 다가가자 랄치는 기다렸다는 듯 말했다.

"우리 시어머니 보러 가자."

"시어머니?"

되묻는 나의 머릿속이 복잡해졌다. 엄마가 늦게 온다고 야단일 텐데……. 그래도 그냥 가기는 싫었다.

시어머니는 랄치네 아파트 옆에 있는 상록아파트 103동 뒤쪽 화단에 사는 검은 고양이다. 발끝, 이마, 꼬리 끝에 하얀 털이 한 줌씩 있어 나름 멋있어 보였다. 몇 번 얘기만 듣다가, 작년 2학기 중간고사를 친 날

고양이 밥을 주러 간다는 랄치를 따라갔다.

랄치는 지하실 환기 창문 앞에 준비해 온 멸치를 풀어 놓고 야옹 울음소리를 냈다. 너무 썰렁해서 피식 웃고 서 있는데, 진짜로 이마와 발끝에 하얀 털이 한 줌씩 있는 검은 고양이가 나타났다. 랄치는 식사를 방해하면 안 된다며 아파트 뒤쪽으로 나를 끌어당겼다.

고양이는 아무 눈치도 보지 않고 멸치를 먹었다. 서두르지도 않았다. 천천히 그러나 너무 느리지 않게. 하얀 테이블보가 깔린 식당에서 클래식 음악을 들으며 식사를 하는 귀부인 같았다.

"쟤 이름 시어머니다."

랄치는 큰 소리를 내면 안 된다는 듯 검지를 입술 위에 세웠다.

"시어머니?"

"웅!"

랄치는 주민등록증이라도 본 것처럼 확신했다. 내가 봐도 허리가 잘록하고 얼굴이 가느다란 게 여자 고양이 같았다. 고양이는 여전히 두 발을 나란히 벌리고 멸치를 먹고 있었다. 등줄기는 곧고 눈은 고요했고 귀는 빳빳했다.

다음 날 아침 나는 랄치를 졸라 학교를 마치자마자 준비해 둔 멸치 몇 마리를 싸들고 시어머니를 보러 갔다.

103동 뒤편 화단은 높은 축대로 막혀 있어 그늘지고 축축했다. 랄치가 지하실 창문 앞에서 시어머니를 불렀다. 시어머니는 나타나지 않았다. 축대 밖에서 개 짖는 소리만 났다. 랄치는 나무 밑을 오리걸음으로 걸으며 고양이를 불렀다. 시어머니는 축대 쪽이 아닌 반대쪽, 아파트 입구 쪽에서 야옹 나타나 멸치 앞으로 왔다.

"야! 너 집에 안 있고 어디를 그렇게 돌아다니냐? 가족들이 걱정하잖아."

랄치의 잔소리에도 시어머니는 생각에 잠긴 듯 천천히 멸치만 먹었다.

"한 번 부를 때 나타나야지, 두 번 세 번 부르게 하고."

시어머니는 말이 끝나기도 전에 지하실 창문으로 들어가 버렸다.

"쳇! 잔소리는 듣기 싫어서."

약간 무안해진 랄치가 툴툴거리며 돌아섰다. 그 다음부터 시어머니를 볼 수 없었다. 멸치 대신 빵이나 과자를 놓고 다정하게 불러도 소용없었다. 지난 토요일, 랄치는 버터 바른 오징어를 가지고 왔다. 시어머니가 나타나지 않는 이유는 우리가 너무 형편없는 음식을 대접했기 때문이라며. 빙고!

랄치와 나는 수업을 마치자마자 103동 앞으로 달려갔다. 동백나무 밑에 깨끗한 A4용지를 깔고 오징어 버터구이를 펼쳤다. 빈 위장이 그 냄새를 맡고 미친 듯이 요동을 쳤다. 오징어 향기에 정신까지 혼미해졌다. 랄치의 표정이 오징어 다리라도 하나 떼어 먹으면 절교할 것처럼 심각했다. 오징어의 '오' 자도 뻥긋할 수 없었다.

랄치는 무릎으로 화단을 기어 다니며 시어머니를 불렀다. 야옹야옹. 랄치가 잠시 쉴 때는 내가 불렀다. 입안이 마르도록 불렀는데 시어머니는 나타나지 않았다. 목구멍이 다 따가웠다.

"시어머니 바람났나 보다."

랄치가 실망스럽다는 표정으로 말했다.

"바람?"

나는 무릎에 묻은 흙을 털다가 하하! 웃었다. 랄치도 우습다는 듯이 쿡쿡 웃기 시작했다.

와하하!

랄치와 나는 마주 보고 크게 웃었다. 그러고는 시어머니를 찾지 않은 게 2, 3주는 된 것 같았다.

"바람난 시어머니 돌아왔을까?"

상록아파트 앞 횡단보도를 건너며 랄치가 궁금하다는 듯이 물었다.

"야! 그 주제에 바람나 봤자지."

나는 단호하게 말했다. 미안하지만 그건 사실이었다. 등줄기도 곧고 눈도 맑고 나란히 모은 발이 단정한 고양이였지만, 시어머니는 털에 윤기가 없고 지쳐 보였다.

"쉿!"

랄치는 시어머니가 듣기라도 한다는 듯 내 말을 막았다.

"그러면 시어머니가 더 힘들어하잖아."

랄치가 시무룩한 표정으로 말했다. 나보다 도둑고양이하고 더 친하다는 듯이. 나는 랄치의 가슴을 한 번 더 훔쳐보며 중얼거렸다.

'쳇, 가시나가 비싼 부라자를 하더니 맛이 갔네.'

상록아파트 앞 슈퍼를 지나다 랄치가 걸음을 멈추었다.

"저번에 오징어 가지고 갔으니까 새우깡이 좋겠지? 돈!"

랄치가 슥 손을 내밀었다.

"내가 왜?"

"니가 안 간다 해서 나 혼자 몇 번 갔거든."

나는 더 이상 아무 말도 못하고 하나뿐인 천 원짜리를 지갑에서 꺼냈다. 랄치는 그 돈을 뺏듯이 받아 들고 슈퍼 안으로 들어갔다.

지르르 지르르. 교복 호주머니 안의 전화가 울렸다. 엄마였다. 10분만 늦어도 바로 전화다. 나는 랄치가 듣지 못하게 슈퍼마켓 옆의 공중전화 쪽으로 조금 옮겨서 전화를 받았다.

"어딘데? 학원 마쳤지?"

엄마가 아주 부드럽게 물었다. 그러나 랄치와 둘이 어디 쏘다니지는 않는지 확인하려는 촉수가 느껴졌다.

"학원 마치고 명화 집에 가는 길이야."

"명화네 집엔 왜?"

"우리 조 내일 발표 수업인데, 명화가 한 숙제를 받아야 내가 내일 발표를 할 수 있거든. 그런데 오늘 명화가 그걸 안 가지고 와서."

내가 생각해도 거짓말을 너무 잘하는 것 같아 조금 더듬거렸다.

"그럼 받아서 바로 와. 돌아다니지 말고. 혹시 부모님 만나면 인사 잘하고."

엄마는 명화라면 껌벅 죽는다. 명화는 우리 반 일등이고 아버지는 치과의사다. 날씬하고 얼굴도 하얗고 눈도 크다. 모든 선생님이 명화를 좋아한다. 이상적인 여학생상이라고 말한 선생님도 여러 명이었다. 명화가 얼마나 선생님들을 쪼잔하고 찌질하다고 무시하는데. 아마 알면 다들 까무러칠 거다. 명화는 거의 매일 교문 앞에서 기다리고 있는 엄마의 승용차를 타고 집으로 갔다. 시내까지 과외를 받으러 가는 날도 있다고 했다. 친해지고 싶어도 친해질 시간이 없는 형편이었다. 그래도 가끔 명화와 친한 척할 때가 있었다. 랄치의 이름을 슬쩍 명화라고 바꿔 얘기할 때가 그랬다. 엄마는 랄치를 무척 싫어하기 때문에 랄치 이야기를 할 때도 명화 이야기라고 한 것이다. 그러다 진짜로 알게 된 것이 있다.

명화 아버지는 결혼을 한 달 정도 앞두고 지방 출장을 갔다. 그는 그곳에서 여행 중인 명화 엄마를 만나 한눈에 반했다고 한다. 그래서 다니던 회사에 사표를 내고 가족에게 결혼을 못하겠다고 통보하고 지금의 명화 엄마랑 결혼을 했다고 한다. 거기까지 듣던 엄마는 내 허벅지를 쳤다.

"치과의사가 무슨 지방 출장이야? 그거 윤정이 엄마 이야기네."

아차차, 나는 발을 헛디딘 것처럼 중심을 잃고 비틀거렸다. 사지가 오그라드는 것 같았다. 다행히 엄마는 원래 소문이란 그래서 더 재미있다는 듯 그 다음 이야기를 이어 갔다.

진작 결혼을 하려고 했던 여자는 충격으로 헤매다가 다른 곳으로 이사를 갔고 랄치 아버지는 원래 회사가 싫었다며 시험을 봐서 교사가 되었다고 했다. 남자는 잘생기고 성격도 호탕하고 다 좋은데 술을 너무 좋아하는 게 흠이었다. 술에 취해 오다가 새벽에 차에 치였고 몇 달 뒤

죽었다고 했다. 그 젊은 나이에 남편 잃고, 경제력 없는 시부모님은 모셔야 하고, 시어머니는 며느리 때문에 자기 아들 명 짧아졌다고 난리고. 살길이 막막하여 울음조차도 나오지 않았다고 했다. 남편이 다니던 학교에서 지금의 계약직 일자리를 준 게 그나마 다행이라고 했다.

"야, 가자!"

랄치가 새우깡을 들고 나왔다. 쌀 새우깡이었다.

"이거 비싼 거잖아."

나는 거스름돈을 받으며 따져 물었다.

"시어머니는 좋은 것 먹어야 해."

랄치는 타이르듯이 가슴을 펴고 천천히 말했다. 탱탱하고 볼록하고 예쁜 가슴이었다. 와락 만져 보고 싶었다. 그러나 손가락이라도 하나 댔다가는……. 나는 뜨거운 침을 삼키고 눈을 한번 끔벅인 후 말했다.

"니 보기보다 글래머네."

랄치가 때릴 듯이 새우깡 봉지를 들어 올렸다.

"이 변태 가시나!"

그때 랄치 호주머니에서 휴대폰이 징징거렸다.

"엄마, 왜?"

랄치는 가슴을 감추느라고 뒤로 돌아서서 전화를 받았다.

"시어머니 보러 왔어. 응, 곧 갈게."

랄치는 거짓말처럼, 한마디도 거짓말을 하지 않고 전화를 끊었다.

103동 뒤편은 가로등이 나무에 가려 무척 어두웠다. 횡단보도 옆에 멈춘 승합차에서 내린 아이들이 때맞춰 바뀐 신호등을 따라 우르르 반대편으로 건너갔다. 시어머니를 보러 가기에는 너무 늦었다는 생각이 들었다. 랄치가 내 생각을 안다는 듯이 축대 끝에 조그만 구멍이 있다고 했다. 조금 무서웠지만 정문으로 가는 것보다 훨씬 빠를 것 같았다.

아파트 뒤편 화단은 밤에 보니 정말 어두웠다. 시어머니가 아니라 동네의 모든 유기견, 도둑놈, 강도, 변태 들이 숨어 있을 것 같았다. 나는 무서워서 온몸이 오그라드는데 랄치는 아무렇지도 않은 듯 건물 뒤쪽으로 걸어가 늘 먹이를 두는 지하실 환기창 앞에 새우깡을 한 줌 놓고 시어머니를 불렀다. 야옹야옹, 시어머니는 나타나지 않고 이번에도 동네 개들이 한꺼번에 짖었다. 랄치는 힐끔 축대 너머를 보더니 오리걸음으로 화단 사이를 기어 다녔다. 랄치가 지나간 곳에 새우깡이 시어머니의 흰 발처럼 조금씩 놓여 있었다. 화단 반대편으로 나온 랄치는 새우깡 봉지를 거꾸로 들고 탈탈 털었다. 시어머니는 여전히 기척이 없었다.

"이게 아직도 안 돌아왔나."

랄치는 혼자 중얼거렸다. 어둠 속에서도 랄치의 가슴은 여전히 예뻤다. 그런데 랄치 엄마는 왜 브래지어를 며칠 동안이나 베란다에 널어 둔 것일까. 나는 랄치의 가슴이 베란다에 걸어 둔 브래지어라도 되는 듯 멍하니 보고 있었다. 랄치가 내 눈길을 느낀 듯이 어깨를 들어 올렸다.

"이사를 갔나……."

랄치가 힘 빠진 목소리로 말했다.

"그, 그런가 보네."

나는 급하게 대답했다. 엄마에게 전화가 또 올까 봐 아까부터 걱정이었다. 명화네 집에 전화라도 해보는 날엔……. 종아리에 아디다스 삼선이 선명하게 새겨질 것이다.

"얼른 집에 가자!"

목소리가 저절로 다급해졌다.

103동 입구에서 랄치와 헤어졌다. 빠른 걸음으로 105동 뒤쪽 출입문으로 간다면 10분 만에 집에 닿을 것이다. 그래도 혹시 엄마에게서 전화가 올지 모르니 휴대폰을 손에 쥐고 빠르게 105동 앞을 지나가는데 랄치가 부르는 소리가 났다. 잠깐 속도를 늦추었지만 모르는 척하기로 했다. 건물 모퉁이를 돌아서려는데 랄치가 아까보다 훨씬 더 큰 목소리로 불렀다. 아파트 사람들이 모두 다 내다볼 만큼 큰 목소리였다. 벌써 어디선가 베란다 창문 열리는 소리가 들리는 것 같기도 했다. 한 번 더 부르면 경찰에 신고를 할지 모를 일이었다. 랄치랑 놀지 말라고 한 엄마의 말이 귓가에 울렸다.

건물을 막 돌아갔는데 랄치 목소리가 다시 들렸다. 마이크에 대고 이야기하는 것처럼 쩌렁쩌렁 울렸다.

"유진아! 이리 와 봐!"

저 가시나가 미쳤나!

나는 랄치의 입을 틀어막을 듯이 달려갔다. 랄치는 등잔처럼 커진 눈으로 103동 앞에서 뒤편 화단을 가리키고 있었다.

"야! 저것 봐."

랄치가 가리키는 곳에 시어머니가 새우깡을 먹고 있었다. 등줄기를 곱게 펴고 귀를 빳빳이 세우고 여전히 두 발을 가지런히 모은 채. 어쩐지 랄치 엄마가 생각났다.

엄마는 문만 열어 주고 얼른 TV 앞으로 돌아갔다. 이병헌의 인터뷰였다. 엄마는 이병헌만 나오면 첫사랑이라도 만난 듯 정신을 놓았다. 그것도 모르고 헐레벌떡 온 게 억울했지만, 들통 나지 않은 것만 해도 다행이었다. 나는 기분 좋게 방으로 들어와 털썩 침대 위에 주저앉아 랄치에게 문자를 보냈다.

내일도 시어머니 보러 가자.

랄치의 답을 기다리며 스타킹을 벗고 있는데 갑자기 문이 열렸다. 거짓말이 들통 났나? 급속 냉동 모드로 전환하려는 심장의 떨림이 느껴졌지만 이럴 때일수록 공격이 최선의 방법이었다.

"노크 좀 해!"

나는 눈까지 흘기며 신경질적으로 말했다.

"스타킹 하나 제 손으로 못 빨면서 노크는 무슨! 명화 부모님은 만났어?"

아, 저거구나. 빳빳하게 얼려던 심장이 사르르 녹기 시작했다. 만났다고 하면 그에 관련된 질문이 계속 이어질 것이었다. 나는 아니라고 단호하게 말했다.

"엄마도 안 계셨어? 명화는 무슨 학원에 다니데?"

엄마는 호기심 많은 아이처럼 질문을 쏟아 냈다.

나는 엄마의 물음에 단답형으로 대답하다가 수저통과 물병을 꺼내 엄마에게 던지듯 안기며 짜증을 냈다.

"엄마는 왜 그런 게 궁금해?

"궁금할 수도 있지. 이게 어디 엄마한테?"

엄마가 겁주듯이 한발 다가왔다. 펑퍼짐한 엄마의 가슴이 눈에 가득 들어왔다.

아!

나는 짧은 비명을 지르고 안방 목욕탕으로 갔다. 목욕탕 수건걸이엔 엄마의 브래지어와 팬티가 걸려 있었다. 브래지어는 오래되어서 레이스가 조금 늘어진 것이었고 팬티는 새 것인지 윤이 반짝반짝 났다. 혹시……. 나는 빠른 걸음으로 거실을 가로질러 베란다로 나갔다. 베란다 건조대에는 아무것도 없었다. 텅 비어 있었다. 명화에 대한 질문을 해대던 엄마가 혼잣말처럼 중얼거렸다.

"쟤가 갑자기 왜 저래?"

나는 고개를 갸웃거리며 다시 거실을 가로질러 방으로 들어가다 되돌아섰다.

"엄마, 베란다에 브래지어 널 때도 있어?"

엄마는 웬 뚱딴지같은 질문이냐는 표정이었다.

"널 때도 있지. 왜?"

"오일 동안 널어 놓을 때도 있어?"

"미쳤니!"

나는 술에 취해 어머니와 나를 때리던 아버지가 진짜인지 아니면
전두환 시절에 출세하자고 사법고시 치는 게 부끄러워 오른팔을 달아맸다는
아버지가 진짜인지 알 수 없었다. 아버지를 병원에 가두고 나온 고모의 까칠한
얼굴을 볼 때면 내가 아버지를 일부러 쫓아내기라도 한 것처럼 마음이 켕겼다.

시시한 댓글은 사절!

아빠가 새 아르바이트를 구했다고 했다. 트럭으로 음식점에 재료를 배달하는 일이라고 했다. 엄마는 전에 일하던 주유소보다 이십만 원 더 받는다며 입을 다물지 못했다. 아빠는 레슬링부 선배가 소개시켜 준 것이라고 몇 번이나 강조했다. 레슬링이란 말은 내가 제일 싫어하는 말인데. 벌써 열 번쯤 들은 것 같다. 나는 세 번째부터 그만하라고 고함을 꽥 지르고 싶었지만 그때마다 엄마가 눈을 찡긋했다. 이십만 원이나 더 받으니 그만 봐주자는 신호인 것 같았다.

아빠는 레슬링 선수였다. 전국 대회에 나가 상도 받았는데(그건 사진이 있으니 믿지 않을 수 없다) 국가대표로는 뽑히지 못한 모양이었다. 대학을 졸업하고 초·중학교에서 레슬링 코치를 하다 내가 초등학교 6학년 때 그만두었다. 아빠의 키는 162㎝, 레슬링 선수 치고 작은 편이 아니라는데, 엄마보다 작았다.

거실 구석에 아빠가 받은 트로피와 메달 사진을 보관하는 장식장이 있다. 아빠가 가장 자랑스러워하는 것이지만 나는 제대로 눈길 한번 준

적이 없다. 사진 때문이다. 작은 키에 원숭이처럼 양팔을 들고 구부정하게 선 포즈도 팔뚝과 허벅지까지 오는 반신 유니폼도 최악이었다. 생각만 해도 얼굴이 화끈거렸다. 그걸 멋있다고 말하는 엄마도 연구 대상이다.

레슬링 코치를 그만둔 아빠는 오랫동안 직장을 구하지 못했다. 주유소, 택배회사 등 여러 일자리를 옮겨 다녔는데 어두운 얼굴로 거의 말이 없었다. 레슬링부 선배 추천으로 학교 야간 경비를 맡으신 뒤에야 다시 명랑해졌다. 중요한 건 야간 경비가 아니라 '선배의 소개'라는 점이었다.

경비 일은 저녁 7시부터 아침 8시까지였다. 퇴근 후 점심시간까지 아르바이트를 하나 더 하고 집에 들러 씻고 잠시 눈을 붙인 뒤 학교로 출근했다. 운동하던 사람이라 움직이지 않으면 온몸이 근질근질하다고 했지만, 사실은 이 집을 살 때 은행에서 빌린 돈을 갚자면 그렇게 해야 된다고 했다. 엄마도 오래전부터 한 회사 식당에서 일을 하셨다.

"온아, 일어나! 일곱 시다!"

엄마 목소리다. 천 번을 더 들은 것 같은데 들을 때마다 짜증 난다. 엄마는 나의 기척을 확인하려는 듯 잠시 쉬었다가 내가 꼼짝도 하지 않자 다시 소리를 지르기 시작한다.

"날 샌 지가 언젠데 아직도 안 일어나고, 고등학교 다니는 게 무슨 큰 벼슬이라도 되는 줄 아나……."

잔소리 강도가 세다. 저러다 엄마 스스로 분을 못 참고 방으로 쳐들어와 이불을 걷어 젖힐지 모른다. 그러기 전에 미리 엄마의 기를 누르는 게 좋다.

"알았다니까!"

고함을 꽥 지른다.

"수저 챙기고, 밥 먹고."

나의 반응을 기다렸다는 듯 엄마의 목소리가 금방 부드러워진다. 곧 엄마가 현관문 닫고 나가는 소리가 들린다. 나는 대답을 해놓고 다시 잔다. 일어나니 7시 30분, 후다닥 머리를 감고 교복을 입었다. 7시 50분. 식탁과 컴퓨터를 저울질하다 결국 컴퓨터를 선택한다. 아침밥보다 어젯밤에 올린 「브래지어」의 조회 수와 댓글을 확인하는 것이 더 절실했다.

학교 홈페이지로 들어가 학생마당 〉학교자료실 〉풋글을 연다. 아, 글제목 옆에 (1)이 있다. 댓글 숫자다. 나는 거의 빛의 속도로 클릭을 한다.

잘 읽고 갑니다아아.

허탈하다. 무색 무취 무향의 이런 댓글은 딱 질색이다. 그나저나 더 이상 꾸물거릴 시간이 없다. 식탁 위에 엄마가 차려 둔 아침을 그대로 두고 가방을 메고 집을 나온다.

계단에서…….

계단으로…….

다시 계단으로…….

헉헉! 설명이 필요한 곳인데, 시간이 없다. 서편 출입구에 선 등교 체크기에 이름표의 바코드를 찍어야 한다. 1초라도 늦으면 지각, 그리고 벌점 1점, 벌점 총합 29점, 아아악, 달려야 한다!

"야!"

세상에서 가장 싫은 목소리, 학생부장이다.

"지각에 복장불량!"

지각은 그렇다 치고 웬 복장불량?

"흰 양말 신어야지. 그게 뭐야! 회색 양말에 분홍색 곰탱이를 신고……."

내가 좋아하는 푸를 곰탱이라니, 뭼!

벌점 2점 추가, 드디어 30점이다.

학년실에 불려 갔다. 벌점이 30점 이상이라 교정 프로그램에 참가해 벌점을 깎아야 했다. 교정 프로그램이라는 게 말만 삑적지근했지 사실 별게 없다. 점심시간이나 석식 시간에 치마 길이를 준수합시다, 지각을 하지 맙시다, 무단 외출을 하지 맙시다 등이 적힌 피켓을 들고 교문 앞에 줄을 서 있거나 쓰레기통을 씻거나 계단의 껌을 제거하는 사소한 것이다. 하긴 벌점이 사소한 것이니 교정 프로그램도 당연히 사소해야지. 가장 기막힌 것은 흰색에 빨간 선이 그어진 양말을 신었다고 벌점을 받은 것이다. 벌점을 준 사람은 아침에 교문에서 만난 학생부장 선생님이다. 그녀는 밥 먹을 때마다 기도를 삼 분 이상 한다고 소문이 자자한데, 예수님의 가르침이라도 되는 듯 흰 양말 신을 것을 주장했다.

아침 일찍 와서 교문에 서서 교칙 준수 캠페인에 참여하고 수학 두 시간 영어 두 시간 그리고 고개만 숙이고 있어도 교실 뒤에 세워 두는 한문 시간……. 그 뒤는 무슨 공부를 했는지도 모르겠다. 최악이었다. 일주일에 이런 날이 두 번만 된다면 학교를 그만둬야 하지 않을까. 진짜 묻고 싶다. 학교, 넌 누구니?

8교시 수학 수준별 보충수업 시간에 만난 혜선이가(혜선이와 나는 둘 다 수학 하반이다) 브래지어가 의미하는 게 '여성성'이라고 했다. 여성성? 알 듯 말 듯한 말이었다.

"그게 정확히 뭔데?"

나는 저번 시간에 내준 수학 프린트를 찾으면서 물었다.

여성의 입장 혹은 여성을 중심에 두고 쓴 글이라고 했다. 그런데 여자가 나오지 않는 소설도 있나? 혼자 중얼거려 놓고도 어쩐지 심각해지는 말이라 몇 번 되뇌었다. 여성성, 여성성, 여성성……

9교시 시작종이 울리자 필통과 연습장을 들고 글쓰기 수업을 하는 소강의실로 옮겼다. 배에서 쪼르륵 소리가 나고 식당에서 음식 냄새가 올라왔다. 눈앞에 먹을 것이 어른거렸다. 빈 위장이 요동을 치고 머리 안쪽까지 흔들렸다. 와이셔츠만 입은 교장 선생님이 그 냄새에 홀린 듯 빠른 걸음으로 식당으로 가고 있었다. 조례 때마다 말하는 학생 중심의 교육이라는 말은 죄다 뻥인 모양이다. 그렇다면 최소한 학생과 같이 밥을 먹어야 하는 것 아닌가.

글쓰기 반 선생님조차 이미 저녁을 드셨는지 입술이 기름기로 반들거린다. 세상에 믿을 사람 아무도 없다더니, 오늘은 이래저래 우울한 날이다. 선생님이 준비한 프린트물을 나누어 주고 교실을 나갔다. 안 봐도 비디오다. 양치하러 간 게 틀림없다.

「부끄러움들」이라, 제목이 멋지다. 역시 내 몸 안엔 잉크로 된 유전자가 있나. 우울했던 기분이 싹 날아가고 소설을 보자마자 온몸이 팽팽하게 긴장한다. 교과서들도 잉크로 되어 있는데 왜 그렇게 자냐고? 헐~ 프린터 카트리지에서 끊임없이 쏟아지는 교과서 글하고 영혼의 잉크로 쓰는 문학하고 비교를 하다니, 좀 어이없다.

잠시 후 선생님이 립스틱을 바르고 나타나셨다. 처음이자 마지막인 선생님의 꽃단장 과정이었다.

"누구 작품이에요? 공모전 당선작인가요?"

글쓰기 반에서 유일하게 전교 10등 안에 드는 영인이 약간 감동한 척 묻는다. 그 애는 늘 작품 밖의 사실들에 관심이 많았다.

"그게 누구의 작품이면 뭐가 달라지나?"

선생님이 못마땅하다는 듯 가볍게 영인이를 나무랐다. 고소하다. 영인이는 너무 브랜드를 밝힌다.

"어땠냐?"

선생님이 여전히 약간 딱딱한 목소리로 물었다.

"좋은 것 같은데요."

영인이가 평소와는 달리 소극적으로 대답했다.

"사이먼 너는?"

"괜찮았어요."

"재미없는 대답이군."

선생님이 약간 실망한 표정이다. 두루뭉술한 대답인 건 알겠지만 달리 뭐라고 하겠는가. 노벨문학상 감이라고 이야기할 수는 없지 않나.

"그럼 어느 부분이 좋았냐?"

선생님이 말씀하셨다. 이런 식의 질문은 정말 싫다. 이건 돌솥비빔밥에서 콩나물의 맛은 어떠냐고 묻는 것과 비슷하지 않은가. 그래도 그 수업이 수학이나 영어보다는 좋으니 나도 이상한 아이 같기는 하다.

"아버지와 승주의 부끄러움을 동시에 설명한 것이 좋았습니다."

되는 대로 얘기했는데 말이 되는지 모르겠다. 갑자기 덥다. 나는 손부채질을 했다.

"그 둘이 어떻게 다르지?"

"아빠는 혼자 출세하는 게 부끄럽고 승주는 변두리 학교 다니는 게 부끄럽잖아요."

혜선이가 간단하게 대답했다.

"맞아."

신영이가 맞장구를 쳤다. 오늘은 종 치기 전에 수업을 마칠 수 있을 것 같다.

"좀 다른 것 같아요."

영인이다. 슬슬 나갈 준비를 하던 혜선이 못마땅하다는 듯이 영인이를 쳐다본다.

"어떻게?"

기다리던 답이라는 듯 선생님의 목소리가 밝아졌다.

"승주의 부끄러움은 선명한데 아빠의 부끄러움은……. 좀 애매한데요. 진짜 혼자 출세하는 게 부끄러워 팔을 달아맨 건지."

"그렇다고 몇 번이나 나오잖아."

신영이가 날카롭게 쏘아붙였다. 둘은 라이벌 관계다.

"마지막에 보면 그 부끄러움을 오해한 것 같기도 하고……."

"그러니까 아버지의 부끄러움을 오해한 것 같아 부끄러운 거지."

빨리 수업을 마치고 싶어 신영이를 거들긴 했는데 무슨 말을 했는지 나도 모르겠다. 엉? 신영이가 돌 씹은 표정으로 바라본다.

"그럼 부끄러움이 두 개가 아니고 세 개인가. 승주, 아버지, 그리고 정미."

선생님은 새로운 걸 발견한 것처럼 흥분된 목소리다.

디리리 리리리링.

종소리를 듣고 우리는 입을 다물었다. 부끄러움이 두 개인 것과 세 개인 것이 무슨 차이가 있다고. 파란색과 푸른색의 차이를 말하라고 하는 것과 무엇이 다른가. 선생님이 원망스럽다. 이러니 우리 몇 명 빼고 누가 글이란 걸 좋아하겠는가. 아무튼 다들 부끄러움, 아니 「부끄러움들」을 읽어 보면 나의 어려움을 알 수 있을 것이다. 어디서 보냐고? 저번에 말했는데 풋글이란 블로그가 있다고. 그리고 제발 '잘 읽고 갑니다' 같은 무색 무취 무향의 댓글 달지 말라고. (참, 「브래지어」에 시어머니가 보고 싶다는 댓글이 하나 더 달렸다.)

부끄러움들

아버지는 지금 창녕의 한 국립 정신병원에 계신다. 술 때문이다. 아버지를 병원에 가두고 나온 고모 얼굴은 피를 한 됫박 쏟은 사람처럼 꺼칠했다. 아버지가 병원에 갇힌 게 가슴 아픈 모양이었다. 나도 곧 똑같은 심정이라는 듯이 입을 다물고 고개를 약간 숙였다. 그날 내가 비명을 지르지 않았다면 주인 아주머니는 경찰을 부르지 않았을 것이다. 아주머니는 내 비명 소리를 듣고 112에 신고를 한 뒤 고모에게 연락을 했다. 어머니가 집을 나간 후 무슨 일이 있으면 연락을 하라며 고모가 남긴 연락처였다. 결과적으로 아버지는 경찰이 오는지도 모르고 양은 쟁반으로 내 머리를 내리쳤고 나는 동네 사람 다 들으라는 듯 머리를 감싸쥐고 울부짖었다.

"술 사러 갈게요. 사러 가면 되잖아요!"

아버지는 그 소리에 더 화가 난다는 듯 양은 쟁반을 벽에 내동댕이쳤다.

"필요 없어. 그까잇 게 법이라고 나한테 대드는 거야? 그까잇 게 법이라고!"

벽에 걸린 거울이 박살났다. 그때 경찰이 문을 열고 들어왔다.

마루에는 빈 소주병이 6병, 부엌에는 50병이 있었다. 1년 마신 것도, 한 달 마신 것도 아니었다. 1주일 정도 마신 것이었다. 그중에는 내가 사다 준 것도 있었다. 미성년자는 술을 못 산다며 심부름을 가지 않으면 아버지는 물건을 집어던지며 나를 팼다. 요령껏 자리를 피하거나 마지못해 술을 사다 주기도 했지만 그날은 그렇게 하고 싶지 않았다. 이 틀째 시험을 보고 온 날이었다. 시험이 아니라 더한 걸 해도 술을 마실 아버지였지만 공부하는 딸에게까지 술을 사 오라는 데는 화가 나고 서러웠다.

"법적으로 미성년자는 술 못 사는데예."

"뭐어, 법?"

아버지가 술잔을 탁 내리더니 내게 다가왔다. 시험 기간인데 설마 때리기야 할까 싶어 도망을 가지 않았다. 그러나 아버지는 그대로 내 머리채를 잡았다. 나는 그 순간 부당한 권력에 맞서 자신을 버리기로 했다는 아버지의 과거를 믿지 않기로 했다. 부당한 권력에 저항을 한 사람이 어떻게 시험 공부를 하는 딸에게 술을 사 오라고 하고, 술을 사 오지 않는다고 때릴 수가 있단 말인가. 아버지의 과거는 단지 술을 먹기 위한 핑계인 것 같았다. 그렇게 마음을 정하자 아버지가 진짜 술주정꾼으로만 보였다. 술에 빠져 가족의 생계를 팽개치고 그것도 모자라 어머니와 나를 때리고 그 다음 날이면 지난밤에 자신이 누구와 싸우고 누구를 때렸는지도 알지 못하는 알코올 중독자!

"놔요!"

나는 머리채를 붙잡은 아버지의 손을 꼬집고 할퀴면서 고함을 질렀다. 아버지가 나를 벽에 확 밀쳤다. 머리카락이 어지럽게 흘러내려 얼굴을 가렸다. 아버진 비틀거리며 방문을 넘어서고 있었다. 저런 술주정뱅이에게 맞은 게 억울하고 분해 악을 썼다.

"아버지가 뭔데 날 때려! 왜 때려!"

아버지가 돌아섰다. 얼굴은 겨울 하늘의 달처럼 창백했다. 두 눈을 덮은 붉은 실핏줄이 살아 있는 벌레처럼 꿈틀거렸다. 아버진 문지방을 넘어 다시 방으로 들어왔다. 이번에는 비틀거리지 않았다. 내 턱을 한 손으로 들어올리고 정확하게 뺨을 때렸다. 처음이 아니다. 셀 수 없이 맞았다. 맞을 때마다, 아프지는 않은데 충격적이었다. 머리가 휑하니 비고 푹 고꾸라질 것 같았다. 이때까지는 뺨 한 대만 맞으면 아버지에게 항복을 했다. 부당한 권력에 맞서 자신을 버린 아버지에게 함부로 대들었다고 반성을 했다. 그러나 그날은 달랐다. 아버지도 이 동네에 사는 술주정뱅이 중 한 명일뿐이었다. 나는 뺨에 손을 대고 아버지를 노려보았다. 입술이 터졌는지 턱을 타고 피가 흐르고 다리가 후들거렸다.

아버진 털썩 마루에 주저앉아 남아 있는 소주를 맥주잔에 부어 마시고 있었다. 슈퍼에서 얻어온 무김치 씹는 소리가 날 때마다 뺨이 저절로 발갛게 상기되었다. 무슨 권리로 저렇게 당당한지…… 나는 주먹을 불끈 쥐었다.

"아버지의 법은 뭔데예? 술이……"

아버진 내 말이 끝나기도 전에 양은 쟁반을 엎었다. 맥주잔이 깨지고 소주병, 김치 그릇이 소리를 내며 나뒹굴었다. 아버지가 양은 쟁반을 들고 김치 국물을 밟으면서 내게로 왔다. 붉은 발자국이 일직선으로 이어졌다. 아아악, 내 몸은 터져 나올 듯한 비명으로 부풀어 올랐다.

빈 소주병을 본 경찰이 혀를 찼다. 한 경찰은 아버지를 끌고 밖으로 나갔고 한 경찰은 내게 몇 가지 질문을 했다. 입술이 터졌고 귀밑이 화끈거렸다. 티셔츠 어깨 솔기가 터져 살이 비쳤다. 머리카락이 뽑혀 나갔는지 머리 밑이 따가웠다. 바닥은 깨진 거울과 엎어진 김치 그릇들로

발 디딜 데도 없었다. 애가 무슨 죄가 있다고! 고모가 신을 신은 채로 방안으로 들어와 나를 안고 울부짖었다.

시험을 마친 날 줄무늬 정장 차림의 조사관에게 불려 갔다. 조사관은 부드러운 목소리로 아버지가 술만 마시면 때렸냐고 물었다. 때리지 않는 날도 있다고 했다. 그렇겠지. 매일 소주를 예닐곱 병씩 마시는데 그때마다 맞았으면 죽었지. 그녀는 자신의 질문이 잘못됐음은 인정했지만 아버지가 술에 취하면 자주 나를 때렸다는 사실만은 확신하는 듯한 표정이었다. 곧이어 무엇으로 때리더냐고 물었다. 손으로, 빗자루로, 먼지떨이로, 양은 쟁반으로……. 내가 한마디씩 할 때마다 조사관은 입술을 꼭 다물고 메모를 했다. 마지막 질문이라며, 아버지가 혹시 성기를 보이거나 내 몸에 손을 대지 않았냐고 물었다. 여자끼리니까 숨길 필요가 없다며 솔직하게 답하라고 했다. 나는 이 질문에는 쉽게 답을 하지 못했다. 좁은 집에 살다 보면 볼 가능성은 많았다. 불쑥 화장실 문을 열었을 때 본 적도 보인 적도 있는 것 같았다. 내 몸을 만진 것도 마찬가지였다. 아버진 술이 취하면 나를 끌어안고 엉엉 울었다. 지독한 술 냄새와 땀 냄새에 숨이 막혔다. 아버지의 더러운 손이 등을 쓰다듬을 때는 숨이 멎을 것 같았다.

조사관은 흘러내리지도 않는 안경을 고쳐 쓰며 나의 대답을 재촉했다. 코를 한번 훌쩍이기도 했다. 나는 대답을 하지 못했다. 이 질문에 대한 나의 답이 아버지의 운명을 결정할 거라는 느낌 때문이었다. 그녀는 내 쪽으로 몸을 수그리며 손을 잡았다. 부드럽고 미끈거리는 손이었다.

"말하기가 곤란하면 아버지를 아버지라 생각하지 말고 그냥 남자라고 생각해."

나는 그 손길을 거절할 수 없어 고개를 끄덕였다. 그 이후로 나는 아버지를 볼 수 없었다. 아버지는 내가 스무 살까지 병원에 갇혀 있어야 한다고 했다.

학교 가는 길은 산을 밀어 만들었는데도 나무 한 그루 없었다. 겨우 차 한 대가 지나갈 만한 길 양편으로 간이 전봇대 전깃줄이 세든 집 많은 옥상의 빨랫줄처럼 낮고 어지럽게 드리워져 있었다.

아이들과 함께 햇빛에 대들듯이 오르막길을 걸었다. 서너 대 맞은 것처럼 두 뺨이 벌겋게 달아올랐다.

"눈은 폼으로 달고 있나?"

큰길로 내려오던 트럭 기사가 올라가는 까만 승용차의 여자 운전자에게 막말을 퍼부었다. 승용차에 탄 여자는 창문을 내리지도 못하고 인상을 찡그렸다. 옆에 교복을 입은 여학생이 한 명 타고 있었다. 승용차는 그 뒤로 몇 대의 차가 붙어 섰기 때문에 뒤로 움직일 수가 없었다. 길 아래에서 안 가고 뭐 하냐는 고함 소리 뒤에 클랙슨이 울렸다.

"운전도 할 줄 모르면서 차는 왜 끌고 나와서…… 젠장."

트럭 기사는 한 번 더 여자를 쏘아붙이고는 차를 뒤로 빼기 시작하였다. 무표정하게 올라가던 아이들이 잘코사니라는 표정을 짓고 승용차 안의 여학생을 힐긋 바라보았다.

교무실에 내려갔던 친구가 들어오면서, 시내 중심가에서 여학생 한 명이 전학 왔다고 했다. 까만 승용차에 탔던 여학생이 생각났다. 처음 있는 일은 아니었다. 3반에도 5반에도 한 명씩 있었다. 동네 선배들 말을 들으면 해마다 그런 일이 몇 번씩 있다고 했다. 내신성적 때문이었다. 시내 중심지에서 80퍼센트 밖인 아이들도 우리 학교에 오면 단박에 30, 40퍼센트 안에 들어가 인문계 고등학교에 쉽게 합격했다. 그 때문에 우리들 중 한 명이 인문계 고등학교에 못 들어간다는 것도 알고 있었다.

교육청에 고발하자, 왕따시키자, 아이들이 큰 목소리로 불만을 쏟아 놓고 있을 때 선생님이 오셨다. 감색 주름치마, 리본이 달린 흰 블라우스를 입은 여학생이 뒤따라 들어왔다. 회색 치마에 와이셔츠 식으로 된 우리 학교 교복보다 훨씬 예뻐 보였다.

"가방 빈폴이다."

짝지가 귓속말을 했다. 진짜 빈폴 가방을 들고 있는 아이는 우리 학교에 한 명도 없었다. 수업 예비종이 울리고 있었다. 선생님은 급하게 전학생을 소개했다. 윤승주라고 했다. 재수없이 내 옆 분단에 앉는 바람에 시간마다 피곤했다. 들어오는 선생님마다 그 애를 챙기는 바람에 나까지 사정권 안에 들어갔기 때문이었다.

3교시 수학 시간에 선생님이 함수를 설명하다가 혀를 깨문 것처럼 비명을 질렀다. 한눈을 팔고 있던 아이들까지 칠판을 향했다. 샤프 끝으로 책상에 구멍을 파고 있던 명근이까지 고개를 들었다.

"니 목에!"

선생님은 비엔나 소시지처럼 통통한 손가락을 쫙 펴서 누군가를 가리켰다. 아이들의 눈이 일제히 그 손가락 끝을 향했다. 어떤 아이는 눈을 동그랗게 뜨고 손가락으로 자기 자신을 가리켰다. 선생님은 보일 듯 말 듯 고개를 저었다. 그러다가 한 아이가 선생님과 똑같은 비명을 비르고 인상을 찡그렸다.

"니 목이!"

아이들의 눈이 그제야 선생님이 가리키는 손의 정확한 위치를 알 수 있었다. 오늘 전학 온 승주였다.

승주의 목에 진짜 손가락만 한 두드러기가 툭툭 붉어져 있었다. 턱밑에 난 두드러기는 애벌레처럼 꿈틀거리며 턱을 타오를 것 같았다.

"빨리 보건실로 가야겠다. 보건실 어디 있는지 아니?"

승주가 고개를 저었다. 승주를 데리고 가겠다는 아이들이 손을 들었다. 승주를 위해서는 아니었다. 조금이라도 수업을 빼먹을 수 있는 공식적인 기회를 노리는 것뿐이었다. 선생님은 아이들이 든 손을 보지도 않고 나를 가리키며 가라고 했다. 실망하는 아이들이 탄식을 내뱉으며 꽂꽂하게 세웠던 허리를 내렸다.

인천에서 간병 일을 하던 어머니는 아버지가 병원에 갇힌 지 이틀 뒤에 돌아왔다. 아버지 몰래 전화를 하기는 했지만 이렇게 직접 얼굴을 본 것은 여섯 달 만의 일이었다. 무거운 가방 때문인지 피부 깊숙이 박힌 까맣고 작은 눈동자까지 땀에 젖어 있었다. 툭 튀어나온 광대뼈 밑으로 시커멓게 긴 기미만 없었다면 초등학생으로 보일 만큼 작은 키였다. 키 때문에 어머니는 늙지 않은 듯 보였지만 자세히 보면 눈가와 입가에 잔주름이 많았다. 할머니 말에 의하면 어머니는 결혼할 때도 이 모습이었고, 아버지 말에 의하면 이십대 초반에도 이 모습이었다. 그러니까 어머니는 나이보다 먼저 늙은 것이지 늙지 않은 것이 아니었다.

"선풍기는?"

콧등의 땀을 닦으며 어머니가 선풍기를 찾고 있었다.

"아버지가……."

굳이 이야기를 하지 않아도 될 것 같아 나는 입을 다물었다. 툭하면 발로 차거나 집어던져 일 년에 한 대로는 늘 모자랐다. 어머니가 벽에 기대 이마를 짚었다. 집을 나가기 전 아버지에게 머리채를 잡힌 날이나 동네 사람이 술 취한 아버지를 끌고 온 뒤에도 저 모습이었다. 그때마다 나는 어머니가 울거나 울음을 삼키고 있지 않나 마음이 쓰여 안절부절이었다. 어쩌다 눈이 한번 마주친 적이 있는데 어머닌 울고 있는 것도 아니고 비참한 표정도 아니었다. 눈을 껌벅거리며 무엇인가를 생각하는 것 같았다. 어머니를 때리다 짐승처럼 잠든 아버지도, 어지러운 방안도 모두 잊은 듯했다.

어머니는 옷을 갈아입자마자 청소를 했다. 아버지를 피해 도망을 가기 전까지 고급 아파트 단지에 가사 도우미로 나갔다. 어머니는 청소기를 쓰지 않았다. 손걸레를 사용했고 쪼그리거나 엎드려서 청소를 했다. 가사 도우미로 인기가 많은 편이었다. 속옷은 표백제에 담그지 않고 꽉꽉 삶았다. 한번 입은 옷은 꼭 빨아야 했고 마른 옷을 꼭 새 옷처럼 개어 서랍 안에 정리한다고 했다.

다음 날부터 어머닌 버스 종점 근처의 식당에 취직을 했다. 오전에는 해운대의 아파트에 가서 집안일을 해주고 오후 6시에 식당에 일하러 갔다. 새벽에 돌아오니 기다리지 말라고 했지만 나는 늘 기다리다 잠이 들었다. 대부분 아침에 옆에서 자고 있는 어머니를 보게 되지만 가끔 내 책상 위에 앉아 가계부를 적는 모습을 볼 때도 있었다. 한 달 수입과 지출을 백 원 단위까지 계산하는 것은 어머니의 오래된 버릇이었다. 뻔한 살림살이인데도 간간이 생각나지 않는 것이 있는지 볼펜으로 머리를 툭툭 쳤다. 그때 어머니의 눈이 잠깐 반짝였다. 어디선가에서 본 듯한 눈빛이란 생각을 하다 말고 나는 다시 잠에 빠졌다.

식당에 나간 뒤부터 어머니는 아침이 되어도 잘 일어나지 못했다. 나는 어머니를 부르려다 말고 부엌에 나가 밥솥을 열었다. 이틀 전에 퍼 넣은 밥이 누렇게 변해 있었다. 그 밥을 냄비에 넣고 물을 부었다. 밥상에 숟가락과 반찬을 놓는 동안 밥이 끓었다. 대접 두 개에 똑같이 밥 끓인 것을 나누어 담고 방으로 들어갔다. 옆집에서 고함 소리가 들렸다. 이놈의 집구석에 들어온 내가 미친년이지. 가장이라는 인간은 천날만날 술만 빨고 저 새끼는 살살 눈치만 보고……. 석환이 새어머니였다.

어머니가 그 소리에 잠깐 눈을 떴다 도로 감았다. 눈을 감은 채 나중에 먹겠다며 손을 두어 번 흔들었다. 화장을 지운 어머니의 얼굴은 시장에서 파는 옥수수 빵처럼 누렇게 부풀어 있었다. 이불 밖으로 나온 손은 닭발처럼 딱딱했다. 발이 아니라 손으로 걸어 다닌 것 같았다. 밥 끓인 것을 혼자 먹으면서 나는 어저께 고모에게 들은 말을 전했다. 할머니 생일이 다음 주 화요일인데 당겨서 이번 주 토요일에 모이자는 것이다. 고모 동네 삼겹살 집에서 점심을 먹자고 했다. 할머니는 고모집 옆에 방 한 칸을 얻어 살고 있었다. 어머니가 눈을 감은 채로 고개를 끄덕거렸다.

쉬는 시간이면 교실은 명절을 앞둔 시장처럼 부산했다. 복도로 난 창문으로 누군가 머리를 들이밀며 친구의 이름을 부르고 있었다. 몇 명이 모여 노래를 부르기도 했고 책상 사이로 쫓고 쫓기는 장난을 치는 아이도 있었다. 물론 책상에 엎드려 자는 아이도 있었지만 승주는 수업 시간의 자세 그대로 앉아 있었다. 영어책을 국어책으로 바꾸었을 뿐이다. 다른 반 아이들이 볼일을 보러 온 척하고 승주를 보고 갔다. 내신 성적을 잘 받기 위해 전학 왔다고 대놓고 비난하는 아이도 있었다. 점심시간에는 맨 마지막에 줄을 섰다. 승주 앞에 선 아이들 몇 명이 먹지도 못할 밥과 반찬을 식판이 넘치도록 받아 갔다. 승주 차례가 되면 밥은 말라 있고 반찬은 동이 나고 없었다. 승주 어머니가 교무실에 떡과 과일을 돌렸다는 사실을 안 이후엔 더 노골적이었다.

성적이 나온 뒤 진학 상담을 받기 위해 교무실로 내려갔다. 상담을 하러 갈 때 선생님이 미리 내주신 용지에 진학할 학교를 표시해야 했다. 나는 실업계에도 인문계에도 동그라미를 하지 않았다. 선생님은 아무 표시도 없는 용지를 내려다보며 인상을 찌푸렸다. 옆 반 석환이도 제 담임선생님과 상담을 하고 있었다.

"새어머니 말은 잘 듣냐?"

석환이 담임선생님이 물었다. 석환이가 이야기하기 싫다는 듯이 입을 다물었다. 선생님이 재차 물었다. 개인 상담이라 해도 칸막이가 없어 앞이나 옆자리까지 말소리가 훤하게 들렸다. 석환이가 이마를 찡그리며 나를 힐긋 바라보았다.

"몰라요."

석환이가 얇은 입술을 뾰족 내밀고 말했다.

"이 자슥이! 말버릇이 그게 뭐냐. 나가 봐."

선생님이 석환이를 한 대 쥐어박으면서 집에 가라고 했다. 석환이가 입술을 내밀고 교무실 출입문 쪽으로 갔다. 담임선생님이 잠시 석환이를 보고 있다 다시 상담을 시작했다.

"인문계를 갈지 실업계를 갈지 정해 와야 상담을 하지. 그것까지 내가 정해 줄 수는 없잖아."

선생님은 답답하다는 듯이 손가락을 두두둑 꺾었다. 나는 좀 더 생각을 하고 오겠다며 자리에서 일어났다. 마음 같아서는 백 퍼센트 인문계로 가고 싶었지만 아버지 어머니를 생각하니 입이 떨어지지 않았다.

아이들이 없는 학교는 남의 학교처럼 낯설었다. 철책에 기대 텅 빈 운동장을 보고 있었다. 1분이라도 늦게 나가면 큰 손해라도 보는 듯 허겁지겁 친구들 꽁무니를 따라 교문을 빠져나갔는데, 아버지가 병원에 입원한 뒤부터는 동네를 훔쳐보는 버릇이 생겼다. 아버지는 이 동네를 무척 싫어했다. 이 동네에 이사를 오는 순간부터 자신의 인생이 망가졌다며 결혼하기 전에 살았던 Y동을 그리워했다.

나는 아버지와 달리 이 동네에 산다는 것에 별 불만이 없었다. 학교가 산중턱에 있어서 그렇지 공기 좋지, 싼 물건 많지, 사는 데 아무 지장이 없었다. 아주 가끔 술이 덜 취한 아버지에게 이 이야기를 하면 아버지는 걱정스러운 눈빛으로 말했다. 야야, 그건 니가 몰라서 그래. 이 동네에 산다는 것은 한마디로 쪽팔리는 거야. 아버지는 그 사실을 견딜 수 없는 것처럼 큰 맥주잔에 소주를 따라 마셨다. 원샷.

뭐가 문제란 말인가. 집에서 학교를 올려다보아도 학교에서 동네를 내려다보아도 나는 그 이유를 알 수 없었다. 옥상마다 놓여 있는 파란 물통은 마음에 들지 않았다. 특히 동네 입구에 크고 높은 아파트가 세워진 뒤로는 더 눈에 거슬렸다. 팔십 평짜리 아파트도 있다고 했다. 누군가 만만한 도덕 선생님에게 팔십 평이 얼마나 크냐고 물었다. 교실과 복도를 합한 것보다 더 넓다는 말에 우리는 입을 다물지 못했다. 축구를 해도 되겠다는 남학생의 말에 선생님은 기가 차다는 듯 입을 꾹 다물었다.

아파트 옆에 초등학교와 중학교가 새로 세워졌다. 빨간 벽돌에 흰 유리창틀을 한 예쁜 학교였다. 큰 강당이 있고 미술실 책상은 하얀 원탁이라고 했다. 교실에는 새 컴퓨터와 개인 사물함이 있다고 했다. 우리 학교는 아직 신발장도 없어 신발 주머니를 들고 다녀야 하는데……. 이웃 학교 시설 얘기가 전해질 때마다 우리는 입을 쫙 벌렸다. 체육 시간에 조례대 맨바닥에서 윗몸일으키기를 하고 나올 때 그 학교에는 매트가 백 장이 넘는다는 말을 들었다.

소문은 꼬리를 물고 이어졌다. 우리가 들은 것은 그 학교 시설이 좋다는 것이었고, 선생님들이 전달하는 것은 학생들이 공부를 잘하고 예의가 바르다는 것이었다. 특히 영어 듣기 시험이 끝나면 영어 선생님은 큰 망신을 당한 듯 화를 냈다. 도대체 너희들은 귀가 있냐 없냐. 몇 명은 부끄러워 고개를 숙였지만 다른 아이들은 그것이 무슨 상관이냐는 듯이 뒤를 돌아보고 떠들었다. 선생님이 버럭 화를 냈다.

"니들은 도대체 구제불능이다. 부끄러운 줄도 모르고……."

그 며칠 뒤 교육청의 높은 분들이 학교에 들이닥쳤다. 아파트에 사는 사람들이 우리 학교에 배정을 받지 않기 위해 시위를 한다는 것이었다. 길 가다 이유 없이 뺨을 맞은 것처럼 몹시 기분이 나빴다. 아이들 몇 명이 운동장 스탠드 위에서 아파트를 향해 침을 뱉었다. 침은 겨우 몇 계단 아래에 떨어졌지만 조금은 후련한 것 같기도 했다.

할머니 생일을 당겨서 점심을 먹기로 한 토요일, 어머니와 나는 속옷 한 벌을 사 들고 고모가 말한 식당으로 갔다. 어머니는 속옷과 돈이 든 봉투를 내밀고 고개를 숙이고 있었다. 할머니도 고모도 고맙다는 말을 하지 않았다. 아무리 알코올 중독인 아버지의 폭력을 견딜 수 없었다고 하나 자식을 버리고 도망을 간 걸 용서할 수 없다는 표정이었다. 술에 취한 아버지가 어머니에게 몇 번이나 칼을 휘두르는 걸 아는 고모도 말없이 고기를 굽기만 했다.

할머니는 물김치를 한 숟가락 떠 입에 넣다 말고 눈물을 훔쳤다. 아버지가 병원으로 가고 난 뒤에는 사람만 만나면 울기부터 했다.

"엄마, 또 왜 이래. 생일날에."

고모가 할머니의 눈물을 닦아 주면서 짐짓 나무랐다.

"밥이라도 먹고 있는지……."

"지금 밥이 문제요, 병원에 비싼 돈 주고 있는데."

할머니가 고모의 얼굴을 빤히 쳐다보았다. 비싼 병원이라니, 그럴 리가 없다는 걸 할머니도 아는 눈치였다.

"그렇게 착하고 똑똑한 놈이 세상을 잘못 만나서……."

할머니의 말에 이번에는 고모도 고기를 뒤집던 집게를 놓았다. 감자조림을 집으러 가던 어머니도 젓가락을 다시 놓았다. 두 사람은 나란히 앞에 놓인 물을 마셨다.

"똑똑한 인간이 시험 앞두고 오른팔을 달아매. 엄마나 나나 지 공부시킨다고 안 입고 안 먹고 얼고 떨고 얼마나 고생했는데. 전두환이가 대통령을 하면 어때서. 뭐가 부끄럽다고 가짜 깁스를 하고는. 같이 공부한 종우는 판사가 됐다는데……."

고모는 기어이 눈물을 흘렸다. 어머니는 입을 꾹 다물고 있었다. 그 이야기를 꼭 처음 듣는 사람처럼 가만히 귀를 기울이는 것 같기도 했다. 고개를 약간 숙인 채 여전히 아무것도 먹지 않았다. 고모와 할머니는 그러고 있는 어머니를 힐끔 바라보고는 아버지 이야기를 더 크게 하기 시작했다. 공부하란 말 한마디 하지 않아도 공부를 잘한 아들, 집에서 먼 고등학교를 배정받고도 한 번도 지각을 하지 않은 아들, 책 살 돈을 달라 해놓고도 돈이 없다 하면 군소리 없이 돌아서던 아들, 운동화에 구멍이 나도, 바지가 작아 복숭아뼈까지 올라와도 아무 말이 없던 착한 아들이었다. 귀에 못이 박일 정도로 자주 들었던 말이다.

"대학 땐 아르바이트로 번 돈을 생활비로 내놓기도 했는데……."

이번에도 고모는 거기까지 이야기하고는 도저히 더 못하겠다는 듯 울음을 삼키며 휴지를 뽑았다. 고모는 눈물을 찍어 내면서 어머니를 바라보았다. 그런 사람이 술 좀 먹는다고 집을 나갔냐고 나무라는 듯한 눈빛이었다. 처음부터 어머니는 할머니와 고모의 눈에 차지 않았다. 할머니는 선생님을 며느리로 맞이하고 싶었다. 교사 아니면 공무원……. 그러나 시간이 갈수록 아버지는 나이만 들어가고 술을 마시는 시간만 늘어났다. 어머니와 결혼을 했을 때는 술을 마시지 않아도 코끝이 빨간 서른여섯의 노총각이었다.

"고시원에서 몇 달을 공부한 놈이……. 오른팔에 깁스를 해가지고 나타나서 그 팔로는 시험을 칠 수 없다고 할 때 진짜 다친 줄 알았제. 전두환이 때문인 줄은 우찌 알았겠노. 니가 알았으면 이야기나 좀 허지."

할머니가 고모를 원망했다.

"나도 몰랐어요. 종우가 합격하고 나니까 그러데요. 친구들은 데모하다 잡혀 가는데 혼자 잘먹고 잘살자고 시험 칠 수 없다며."

고모는 다시 휴지를 빼내 눈물을 닦았다.

"인물 좋지, 덩치 좋지, 가만히 있기만 해도 주위가 훤했는데……. 그런 놈이."

할머니가 휴지를 움켜쥐고 입을 막았다. 주위 사람들이 우리를 힐끔거렸다. 다 익은 삼겹살이 시커멓게 타고 있었다. 나는 술에 취해 어머니와 나를 때리던 아버지가 진짜인지 아니면 전두환 시절에 출세하자고 사법고시 치는 게 부끄러워 오른팔을 달아맸다는 아버지가 진짜인지 알 수 없었다. 아버지를 병원에 가두고 나온 고모의 까칠한 얼굴을 볼 때면 내가 아버지를 일부러 쫓아내기라도 한 것처럼 마음이 켕겼다. 한두 번 겪는 일도 아닌데, 술 한 병 사다 주고 공부해도 될 텐데, 뭐

대단한 공부라고 집 옆에 있는 슈퍼 가는데 법을 들먹이고, 한 대 맞을 수도 있는 걸 울고불고 비명을 지르고……. 말은 안 했지만 모두들 나를 나무라는 것 같았다.

"정미 스무 살까지 병원에 갇혀 있어야 한다고 해도 원망 한마디 없이 고개만 푹 수그리고……. 내가 무슨 짓을 했는지."

고모가 고개를 숙인 채 눈물을 닦았다. 어머니의 고개가 푹 꺾였다. 어머니까지. 그제야 나도 아버지에게 대들고 조사관 앞에서 했던 대답들이 얼마나 잘못된 것인가를 깨달은 것처럼 고개를 숙였다. 어머니가 다급하게 고개를 들었다. 잠시 후에 다시 푹 숙였다. 세상에, 어머니는 울고 있는 것이 아니라 졸고 있었다. 그 사실을 알아차린 순간부터 내 마음은 어머니의 고개만큼 꺾였다 섰다를 반복했다. 할머니와 고모가 그 모습을 보기라도 한다면……. 나는 상 밑으로 발을 펴서 어머니를 꾹꾹 찌르기도 했다. 반쯤 눈을 뜬 어머니는 귀찮다는 듯이 내 발이 미치지 않게 발을 모으고 또 꼬박 졸았다. 할머니와 고모의 말은 계속되었다.

"술 먹을 때뿐이지, 남한테 싫은 소리 한마디 못하는 사람을 그 험한 곳에 가두고오오오……."

할머니가 울음을 터뜨렸다. 곧 식당 주인이 와서 무슨 일이냐고 물었다. 고모는 할머니를 부축하여 자리에서 일어났다. 어머니는 존 표시도 없이 얼른 계산대로 가서 음식 값을 계산하고 식당에 일하러 갔다.

아무래도 진학 이야기를 하기에는 아침보다 밤이 나을 것 같아 어머니를 기다리기로 했다. 12시를 넘자 잠이 쏟아졌다. 벌떡 일어나 머리를 감았다. 이상하게 머리를 감고 나니 더 잠이 왔다. 머리가 마르기도 전에 잠이 들었다. 늦게 잠이 든 탓일까. 열쇠 돌리는 소리도 문 여는 소리도 듣지 못했다. 어머니는 어느새 책상에 앉아 가계부를 쓰고 있었다. 낡은 수첩 주위로 슈퍼에서 받아 온 영수증이 몇 개 상 위에 흩어져 있었다. 그중에는 내가 아이스크림과 라면을 사고 받아 온 것도 있었다. 계산을 끝내기를 기다리며 실눈으로 어머니를 훔쳐보았다. 어머닌 지갑에서 영수증 한 장을 더 찾아 머리를 갸웃거리며 고개를 들었다. 어디에선가 본 듯한 눈빛이었다. 어디서 봤더라, 내가 잠결에 기억을 더듬고 있을 때 어머니는 정리를 다한 듯 수첩을 덮고 자리에서 일어났다. 어머니가 내 옆에 눕는 순간 나는 그 눈빛을 기억했다. 아버지에게 머리채를 잡힌 후 부엌 벽에 기대 있던 눈빛이었다. 그때도 어머니는 수입과 지출을 계산하고 있었을까. 잠시 그 생각을 하고 있을 때 어머니는 가늘게 코를 골기 시작했다.

어머니를 깨우기 위해 생선을 굽기로 했다. 다행히 고등어 한 마리가 냉장고에 있었다. 지독한 냄새 때문에 다 굽기도 전에 어머니가 일어났다. 나는 밥을 차리다 말고 인문계 고등학교 가도 되냐고 물었다. 어머니는 내 말을 다 듣지도 않고 간단하게 말했다.

"니 가고 싶은 데로 가라. 학비 걱정 말고."

고여 있던 눈물이 기어이 뚝뚝 떨어졌다. 어머니가 고마웠다. 노릇노릇 구운 고등어로 아침상을 차려 두고 집을 나섰다.

출산휴가를 내신 국어 선생님을 대신해서 온 임시 선생님이 갑자기 학교를 그만두셨다. 다른 선생님을 구할 때까지 자습이라고 했다. 아이들이 잘됐다며 환호성을 질렀다. 우리들 중 누군가 왜 선생님이 그만두었느냐고 물었다. 선생님은 우리가 너무 공부를 못해 그만두었다고 했다. 하나도 웃기지 않는 농담이었다. 선생님은 조용히 자습하라며 교무실로 갔다. 선생님이 나가자마자 명근이와 내 짝지가 석환이 이야기를 시작했다.

석환이가 가출을 했다고 한다. 새어머니의 딸이 불룩한 배를 내밀고 집으로 들어온 지 얼마 지나지 않아서였다. 스무 살 정도 되었다고 했다. 석환이 아버지가 집에 들어오는 밤이면 그 누나는 석환이랑 같은 방에서 잔다고 했다. 낮에는 자고 밤에는 볼록한 배를 공처럼 안고 껌을 씹어 가며 야한 만화책을 뒤적인다고 했다.

옆 분단에 앉은 승주가 듣기 싫다는 듯이 왼손을 들어 목덜미에 얹었다. 통통하고 흰 손이었다. 햄스터 한 마리가 목덜미에 놓여 있는 것 같았다. 표 나게 미간을 찡그렸지만 아이들은 아랑곳하지 않고 석환이 이야기를 계속했다. 승주 짝지와 그 앞에 앉은 아이까지 이야기에 끼어들었다.

석환이는 집을 나와 친구 대성이를 찾아갔지만 사정은 마찬가지였다. 군대 간 대성이 형 여자 친구가 임신한 몸으로 들어와 방을 차지하고 있었다. 석환이는 대성이네 부엌에서 자고 그 다음 날 일찍 학교 간다고 나갔다는데 그 다음 날부터 계속 결석이었다. 배고프면 제발로 찾아올 것이라는 석환이 새어머니의 말을 들은 명근이가 바닥에 침을 뱉고 시커먼 실내화로 문댔다. 교실 바닥에 남은 칙칙한 흔적을 보고 있던 승주가 손가락을 세워 뒷목덜미를 긁기 시작했다. 머리카락 아래서 왼손이 조금씩 움직였다. 아이들의 이야기를 듣고 있다가 흘깃 본 승주의 목덜미엔 동전만 한 붉은 반점이 보였다. 아이들은 계속 석환이 이야기를 하느라 정신이 없었다.

"승주 목 좀 봐!"

옆에 있던 아이가 비명을 질렀다. 귀밑에 손가락만 한 두드러기가 꿈틀거리고 있었다.

"머리 밑도 빨갛다야."

승주 앞에 앉은 아이가 돌아다보며 말했다. 진짜 애벌레가 살고 있는 듯 머리 밑이 발갛게 부어올랐다. 승주는 두 눈을 감고 입을 꼭 다물고 있었다. 손가락만 한 붉은 벌레가 턱밑을 기어오르고 있었다.

"보건실에 가야겠다."

나는 두 눈을 감고 입을 다물고 있는 승주를 재촉했다. 이마와 볼에도 두드러기가 솟아 있었다. 승주는 발딱 일어나 뒷문으로 걸어갔다. 이젠 익숙해져서 굳이 따라갈 필요도 없었는데 나는 승주 뒤를 따라나섰다.

승주는 천천히 복도를 지나가고 있었다. 나는 뭔가 말을 해야 할 것 같았다. 승주가 일부러 목을 긁는 걸 봤기 때문이었다. 긁지 않았으면 두드러기가 나지 않았을 수도 있었다. 친구들은 데모하다 잡혀가는데 사법고시 치는 게 부끄러워서 깁스를 했다는 아버지 생각이 났다.

"승주야."

두어 발자국 앞에서 승주가 돌아보았다. 볼에 있던 두드러기가 코 옆까지 번져 가고 있었다. 너무 징그러워서 말문이 막혔다. 승주가 몸을 돌려 조금 더 빠르게 걷기 시작했다. 나는 1층으로 내려가는 계단 입구에서 한 번 더 승주를 불렀다. 승주는 돌아보지 않았다. 나는 빠르게 걸어가 승주 바로 뒤에 붙었다.

"내신 잘 받아서 인문계 고등학교 가도 괜찮아. 그것 때문에 부끄러워하지 마."

승주가 돌아섰다. 눈 속까지 두드러기가 퍼진 듯 붉었다. 아버지의 술 취한 눈이 생각났다.

"오해하지 마. 나는 이 학교에 다니는 게 부끄러울 뿐이야."

승주는 아주 또렷하게 말하고 재빨리 걸어갔다. 나 같은 아이와 같이 보건실로 가는 것도 부끄럽다는 듯.

나는 무안하고 창피해서 층계참에 그대로 서 있었다.

사회 시간에 배운 비상계엄이 생각났다. 지하철이 끊기면 무엇인가 아버지를
집으로 가지 못하게 막는 것이다. 그것이 무시무시한 탱크나 총이 아니라
택시비라는 사실 때문에 연경이는 혼자 귀밑을 붉혔다. 아버지가 부끄러운 이유는
그런 것이었다. 아버진 시험을 칠 때마다 밤늦게까지 공부하고도
60점 정도의 성적을 받는 반 아이 같아 보였다.

첫 고백

우리 학교는 다른 학교에 없는 독특한 프로그램이 하나 있다. 2학년 때 생활관에 입소하는 것이다. 선생님들 말에 의하면 예전에는 여자고등학교마다 생활관이 있었는데 다들 없앴다고 했다. 우리 학교도 없애려고 했는데 깐깐한 할머니 영어 선생님이 교장실에 내려가 항의를 했단다. 학창 시절을 떠올리면 목련꽃하고 생활관 실습밖에 없는데 주차장 만든다고 목련나무를 베어 버리더니 이제 생활관 실습까지 없애려 하냐고.

늘 내가 니들의 선배라고 목에 핏줄을 세우시는 할머니 선생님은 몇 가지 이유로 이미 우리의 전설이었다. 첫째는 정년이 이삼 년밖에 남지 않았다는데 젊은 선생님보다 구두굽이 더 높다는 사실, 둘째는 아침마다 한 시간씩 CNN을 시청하신다는 것, 셋째는 월화수목금 늘 짝짝이로 그리는 눈썹이었다. 그중에서도 하이라이트는 수업 시간에 볼펜 떨어뜨린 것까지 기록해 두었다가 학기말에 대자보를 붙이는 것이다. 음, 이 정도에서 그만해야겠다. 이것저것 생각나는 대로 쓰면 안 된다고 몇 번이나 지적받았는데……. 어쨌든 그 동문 선생님 덕분에 우리는 생활관 실습을 할 수 있었다. 1박 2일이 아니라 7교시 후 저녁 시간으로 대폭 축소되었지만.

생활관 실습의 백미는 촛불의식이다. 손님상 차리는 법, 과일 깎기, 조별 연극 등의 프로그램이 있지만 촛불의식이 가장 중요했다. 미리 준비한 촛불을 들고 불을 끈 다음 빙 둘러앉아 각자 숨겨 놓은 아픔이나 비밀을 털어놓는 것이었다. 반장이 부모님께 쓴 편지를 읽는 것이 시작이었다. 반장부터 편지를 읽다 울컥해야 했다. 생활관의 승패는 아이들이 얼마나 우는가에 달려 있기 때문이었다. 그래서인지 생활관과 관련하여 전해 오는 소문 대부분은 울음과 관련된 것이다. 서로 부둥켜안고 울었다, 너무 많이 울어 목이 쉬었다, 다음 날 절반 넘는 아이들이 지각을 했다 등등. 올해도 마찬가지였다. 눈물을 닦는다고 휴지를 두 통이나 썼다는 반, 별로 울지 않았다는 반……. 어쨌든 얼마나 많이 울었느냐가 중요할 뿐 그 외 것은 이야기 축에도 끼지 못했다. 별로 울지 않은 반은 '인간' 취급을 받지 못했다.

청소 시간에 반장이 촛불의식 때 쓸 초를 나누어 주며 말했다.

"수학을 못해서 고민이야, 이딴 걸 비밀이라고 털어놓았다간 따당할 줄 알아."

나는 아직도 털어놓을 비밀을 정하지 못했다. 청소도구함 당번인 민경이가 어슬렁거리다 내게 다가왔다. 복숭아처럼 뽀얀 얼굴에 입술은 앵두처럼 붉은데 작고 노리끼리한 눈과 작은 키가 불만인 친구였다.

"사이먼, 풋글이 무슨 뜻이냐?"

나는 교실을 쓸다 말고 동지를 만난 듯 팔짝 뛰었다. 풋글에 관심을 보인 최초의 친구였다. 그런데 「브래지어」도 「부끄러움들」도 아닌 풋글이 궁금하다니, 당황스러웠다.

"풋고추의 풋이냐? 영어로 풋, 그러니까 발이냐?"

'아무리 우리가 어설퍼 보여도 발이라니…… 발로 쓴 거 같아 보이나.'

나는 얼른 대답했다.

"덜, 설익은, 그런 뜻이지. 우리가 아직 어리니까."

오, 괜찮네. 나는 스스로에게 내심 감동하고는 그것을 감추기 위해 교실을 쓰는 척 허리를 굽혔다.

"멋있네. 근데 너 비밀 정했냐?"

"아니."

"하나 가르쳐 줄까?"

민경이가 다가와 귓속말을 했다.

"남자 친구가 자꾸 가슴을 만지려 해서……"

"야!"

나는 들고 있던 빗자루로 민경이의 엉덩이를 때렸다. 민경이가 와하하 웃으며 교실 밖으로 달아났다.

디리리 리리리링.

드디어 7교시 종이 울렸다. 우리는 일단 가사실로 이동을 했다.

아이들은 과일을 깎다가도 밥을 먹다가도 촛불의식 이야기만 나오면 단체로 피 검사를 할 때나 아픈 배를 움켜쥐고 화장실 앞에서 차례를 기다릴 때처럼 발을 구르며 초조해했다. 나도 겨우 이야기를 하나 준비했다. 중학교 때 남자 동창이 만나자고 하는데 만날까 말까 고민이라는 것이었다. 물론 지어 낸 이야기다. 30명의 아이들 앞에서 자신의 비밀을 털어놓는 건 마이크에 대고 방송을 하는 것과 다를 게 없지 않은가.

아침에 일어나니 눈이 떠지지 않았다. 눈두덩이 물먹은 스펀지 같았다. 내가 흘렸던 눈물에 눈두덩이 잠긴 것 같았다. 아, 내가 아빠 이야기를 하다니. 부끄럽고 후회되기도 했지만 한편으론 후련하기도 했다. 회사로 나가던 엄마가 다급하게 고함을 질렀다.

"빨리 안 일어나고 뭐 하노?"

평소 같으면 일어나다가도 다시 이불을 뒤집어썼을 텐데 순순히 일어나 방 밖으로 나와 말 잘 듣는 초등학생처럼 대답했다.

"일어났어."

수저를 챙기던 엄마가 믿기지 않다는 듯이 돌아보았다. 고등학교에 입학하고 나서 가장 부드러운 대답이었던 것 같다. 아, 불쌍한 엄마 아빠. 다시 눈물이 나오려고 해서 고개를 세게 저었다.

"엄마 간다. 아침 꼭 먹고 가."

엄마가 화장실 문밖에서 조심스럽게 염탐하듯이 인사를 하다 한마디 더 붙인다.

"지각하지 말고!"

"알았다니까."

나는 꽥 고함을 지르며 눈물에 마침표를 찍었다.

먼저 등교한 아이들도 눈꺼풀이 무거워 눈을 뜰 수가 없다는 듯 눈두덩을 주무르고 있었다. 다들 거울을 꺼내 눈을 확인하거나, 주위 아이들에게 붉은 눈을 보여 주거나, 집에 돌아가 울었다는 이야기를 하고 있었다. 그때 앞문으로 들어온 민경이를 보고 아이들이 이야기를 멈추었다. 민경이의 눈이 너무 부어 눈동자가 잘 보이지 않았다. 민경이는 짧고 굵은 다리로 아장아장 걸어오다 다리를 쫙 벌리고 펄쩍 뛰었다.

"진짜 개구리 같재?"

와하하 아이들이 웃었다. 어제 생활관에서도 우리 반 전체를 웃기다 울린 아이였다.

"우리 아빠는 양산에서 식당을 하셔. 사람을 쓰면 돈이 많이 든다고 해서 올해부터 엄마도 같이 가게에서 일을 하셔. 근데 우리 엄마는 소아마비거든. 조금만 걸어도 힘들어하시는데 하루 종일 주방에 서서……."

민경이가 울음을 터뜨렸다. 남친이 자꾸 가슴을 만지려고 한다던 애가……. 이때까지 찔끔찔끔 눈물만 흘리고 있던 내가 으어엉 울어 버렸다. 계속되는 민경이 이야기를 울면서 들었다. 야간 자율학습 마치고 집에 돌아가면 아무도 없어서 벽 보고 이야기한다고 했다.

"으, 춥다. 저녁을 먹었는데 왜 또 배가 고플까? 그런데 지금 내가 누구랑 이야기하고 있지? 내가 점점 이상해지는 것 같아."

그 말을 하다가 민경이가 웃는데 나도 따라 웃었다. 아이들도 눈물을 닦다 킥킥 소리 내어 웃었다. 그리고 곧 다들 소리 내어 엉엉 울었다. 야간 자율학습 마치고 집에 가서 방문 닫고 울어 보지 않은 애가 있을까. 7시간 수업, 2시간 보충, 3시간 자습을 했는데도 3등급 하나 없는 성적표 때문에.

그 다음이 내 차례였는데 벌써부터 눈물이 나서 이야기를 할 수가 없었다. 민경이가 건네준 휴지로 눈물을 닦고……. 준비해 둔 이야기가 아닌 아빠 이야기를 하고 말았다.

"우리 아빠는 밤에 경비 일을 하셔. 아침 8시에 퇴근을 해서 바로 아르바이트를 해. 오후에 잠깐 집에 돌아와 눈 붙이고 저녁 6시에 또 출근하셔. 나는 아빠가 힘든 줄 알면서도 쌀쌀맞게 굴어. 뭘 물어도 아빠는 몰라도 돼! 쏘아붙이고. 어깨라도 주물러 드려야지 하면서도 옆에 오시기만 해도 짜증을 내고."

아이들이 울기 시작했다.

"사이먼, 나도 그래."

아이들 울음소리가 점점 커졌다.

오갈 데가 없어 죽치고 있던 자연반 두 명이 수학 논술로 옮겼다고 했다(아이스크림 먹으러 오던 아이들은 저저번주부터 보이지 않았다). 영어 단어를 외우고 있던 혜선이가 갑자기 고개를 들었다.

"아이스크림 사 주세요. 네 명뿐이잖아요."

선생님이 조금 난감한 얼굴로 혜선이를 보다가 교실의 빈자리를 둘러보았다. 어쩐지 쓸쓸해 보여 나, 사이먼이 제의를 했다.

"오늘은 우리가 사 드릴게요."

눈치 빠른 영인이가 동조를 했다.

"그러자. 천 원씩."

"우리가 사 드리는 거예요."

혜선이 천 원짜리를 내며 기분을 한껏 냈다. 오늘 읽을 소설을 챙기고 있던 선생님이 눈을 흘기며 웃으셨다.

"지들이 하나씩 사 먹고 자투리 돈으로 한 개 사 주면서 생색은 되게 내네. 그런데 니들, 풋글에 들어가 봤냐?"

아이들이 갑자기 입을 다물었다.

"조회수가 삼이다, 삼. 아무리 바빠도 일주일에 한 번씩은 들어가 봐야지. 틈만 나면 인터넷하면서."

틈이라니. 생활관 실습에, 교정 프로그램에 얼마나 바빴다고요. 하지만 풋글을 방치한 것도 사실이었다.

"「부끄러움들」에 학부모가 댓글을 달고 1학년이라 밝힌 애가 답을 적었다."

예에? 뭐라고요? 누군데요? 우리는 동시에 물었다.

"작품을 읽고 자신의 부끄러움을 돌아본다고."

"에이~"

우리는 동시에 실망했다. '잘 읽고 갑니다'와 비슷한 댓글 아닌가.

"1학년은요?"

영인이가 선생님을 재촉했다.

"부끄러움을 나열만 했지, 본질은 놓친 것 같다고."

"1학년이요?"

다들 놀랐지만 영인이 목소리가 가장 컸다. 선생님은 고개를 끄덕거리며 오늘 읽고 이야기할 작품을 나눠 주셨다. 「침 넘기기」였다.

"그런데 아이스크림은?"

선생님이 갑자기 생각난 듯 물으셨다. 잠깐 망설이고 있던 혜선이 쏜살같이 교실 밖으로 나갔다.

새로 받은 소설은 빠르게 읽혔다. 혜선이가 매점에 갔다 온 그 짧은 시간 동안 벌써 소설이 절반 넘게 넘어갔다.

어느새 혜선이가 건네준 아이스크림이 어제 든 촛불의 촛농처럼 녹아내리고 있었다. 겨우 휴지를 뜯어 와 아이스크림 막대기를 싸는데 눈앞이 부옇게 흐려졌다. 밤마다 아무도 없는 학교를 지키는 아빠 생각이 났다. 나는 교실에 서너 명이 남아 있을 때도 무서워 서둘러 가방을 챙기는데⋯⋯. 아빠는 혼자서 어떻게 어둠과 적막을 견뎌 냈을까. 아침이면 아무도 없는 집으로 돌아와 TV 소리를 들으면서 아침을 먹고 또 일을 나가고. 막대기를 싼 휴지를 뜯어 몰래 눈물을 훔쳤다.

침 넘기기

동네에서 연경이를 모르는 사람은 거의 없었다. 저번 중간고사에서도 올백으로 전교 1등을 했다. 학원에서 동네 입구에 플래카드를 붙였다. 벌써 세 번째였다. 학원도 공짜로 다녔다. 키도 컸고 춤도 잘 추었다. 가을 학예제가 되면 연극으로, 재즈 댄스로 두 번이나 무대에 올랐다. 선생님들마다 연경이를 칭찬했다. 반재중학교가 배출한 최고 인물이 될 거라면서. 연경이는 그런 말을 들을 때마다 약간 얼굴을 붉히며 고개를 숙였다. 그런 칭찬을 받기에는 부족하다는 듯이. 그 겸손한 모습은 칭찬에 인색한 선생님들과 경쟁자까지 연경이 편으로 만들 정도로 보기가 좋았다.

아무도 연경이가 왜 그렇게 얼굴을 붉히는지 알지 못했다. 연경이만 알고 있었다. 사람들에게 칭찬을 받을 때마다 연경이는 아버지가 생각났다.

연경이 아버지 우 씨는 시내 음식점의 요리사였다. 중학교를 근근이 마치고 친척이 하던 일식집에 취직을 한 뒤로 30년 가까이 식당일을 하고 있었다. 그와 함께 일을 시작한 사람들 중엔 호텔로 자리를 옮겨 조리과장이 되거나 아니면 우 씨와 같은 요리사를 여러 명 고용한 큰 식당 사장이 된 경우도 있었다. 우 씨도 스물일곱에 교통사고만 당하지 않았다면 지금쯤 서면이나 중앙동 금융기관 뒷골목에 나무 미닫이 출입문을 단 일식집 사장이 되어 있을 것이었다. 6개월 동안 병원에 있었고 퇴원한 뒤에도 1년 동안 일을 할 수가 없었다. 10년간 번 돈이 눈 녹듯 사라졌다. 스물아홉, 다시 일을 시작했을 때는 처음과 마찬가지로

빈손이었다.

밤 12시쯤 술 냄새를 풍기며 돌아오는 우 씨를 보고 아내는 공공연히 알코올 중독자라고 했다. 그렇지 않고서야 천날만날 술에 취해 들어올 수가 없다는 것이었다. 신혼 초에는 술을 마신 이유에 대해서 몇 번 설명을 했다. 생트집을 잡은 손님 때문에 한 잔, 단골손님이 반가워서 한 잔, 비싼 술이 아까워서 한 잔, 너무 피곤해서 한 잔……. 우 씨는 기억하기도 싫은 시간을 떠올리며 기껏 설명했는데 아내는 안 먹으면 되지 무슨 말이 그렇게 많냐며 쌩 돌아섰다.

퇴근이었다. 마지막 지하철을 타고 교대 앞에서 내려 버스를 갈아타야 했다. 운이 좋으면 반재동 산복도로로 가는 버스를 탈 수 있었지만 일주일에 여섯 번 정도는 해운대로 가는 버스를 타고 빵 공장에서 내려 집까지 걸어 올라가야 했다.

벌써 정류소에는 반재동 가는 막차를 놓친 사람을 기다리는 택시가 줄지어 있었다. 그 택시를 볼 때마다 우 씨는 자신의 좌우명을 떠올렸다. 절약, 절약, 절약! 아무리 절약을 외쳐도 귀가 먹먹해질 정도로 경사진 오르막길을 한밤중에 올라가는 것은 어려운 일이었다. 그 길은 특히 하루 종일 햇빛이 들지 않는 곳이어서 기온이 조금만 떨어져도 바람이 매서웠다. 그러나 연경이를 떠올리면 못할 것도 없었다.

우 씨는 낡은 잠바 주머니에 손을 찌르고 어깨를 웅크린 채 아파트 옆으로 난 오르막길을 걷기 시작했다. 오르막 끝의 재래시장 주위로 그 시간까지 장사를 하고 있는 가게들이 있었다. 우 씨는 혹 손님이 준 공돈이 있으면 가게에 들어가 연경이에게 줄 아이스크림이나 과자를 샀다. 종이컵만 한 아이스크림이나 호주머니에 들어갈 작은 과자 값이 택시비보다 비쌌지만 망설인 적이 한 번도 없었다. 더 비싼 밥공기만 한 아이스크림이나 케이크도 사 줄 수 있었다. 연경이가 잘 먹기만 한다면 말이다.

저번에 사다 준 것도 아직 남아 있을 것 같아 우 씨는 아이스크림 가게를 그냥 지나쳤다. 그는 딸인 연경이가 너무너무 자랑스러웠다. 그 애 생각을 하면 아무리 고된 일이라도 힘들지 않았다. 어떻게 자신과 아내 사이에 그런 자식이 태어났는지 생각만 해도 가슴이 뜨거워졌다. 친구인 상춘이 아들은 과목마다 과외를 하고도 겨우 인문계 고등학교에 가지 않았는가. 그런데 올백이라니. 그는 할 수만 있다면 악착같이 돈을 모아 연경이를 유학 보내고 싶었다. 실제로 우 씨는 2년 전부터 아무도 몰래 한 달에 십만 원씩 적금을 붓고 있었다. 담배를 끊고 교통비를 아껴서 모은 돈이었다.

차도 사람도 드문 한밤중 산복도로에서 연경이 생각에 혼자 우쭐하던 우 씨가 이마를 긁적였다. 다음 주 일요일에 있을 초등학교 동문 체육대회 때문이었다. 올해는 22회가 주축이므로 22회인 우 씨는 무조건 참석해야 한다고 했다. 친구 일봉이가 준비위원이었지만 그는 아직 마음을 정하지 못했다.

오르막길 끝에 산복도로가 있었다. 우 씨의 집은 산복도로에서 산 쪽으로 더 올라가야 했다. 산복도로를 지나면서부터 우 씨의 발걸음이 무거워졌다. 망할 놈의 여편네. 아내에 대한 불만이 주르륵 흐르는 콧물처럼 입 밖으로 나왔다. 그는 남 앞에서 아내를 흉볼 때처럼 조금 당황했지만 곧 마음을 고쳐먹었다. 그런 말을 들어도 싸다는 생각이 들었다.

아내는 우 씨보다 여덟 살 어렸다. 그가 서른일 때 아내는 스물두 살이었다. 작고 뚱뚱하고 얼굴이 검은 편이라 우 씨같이 배운 것 없고 돈 없고 나이 든 총각이 아니라면 결혼할 사람을 만나지 못할 것 같았다. 솔직히 우 씨도 교통사고만 없었더라면 아내 같은 여자와는 절대 결혼을 하지 않을 것 같았다.

상견례 자리에서 만난 장인은 아내를 가리켜 바보 멍치 같다고 했다. 우 씨는 깜짝 놀라 맞은편에 앉아 있는 아내의 얼굴을 살폈다. 무표정한 모습이었다. 아버지 말을 농담으로 받아들이는 것 같기도 했다. 하기야 농담이 아니라면 그렇게 심한 말을 할 수 있겠는가. 그러나 우 씨는 결혼을 하자마자 장인의 말이 농담이 아니라는 것을 알았다. 아내는 자신밖에 모르는 여자였다. 밤 11시까지 식당 일을 하자면 술을 마실 수밖에 없다는 것도, 밤 12시에 들어가면 목욕을 하기가 너무너무 귀찮다는 것도 이해하지 못했다. 아내는 목욕을 하지 않으면 옆에 오지도 못하게 했다. 그리고 다음 달 생활비를 당겨 쓰는 일을 생살을 떼어 내는 것처럼 힘들어했다. 돌아가시기 전, 어머니가 집에 왔을 때도 아내는 평소와 똑같은 상을 차려 왔다. 콩나물국과 콩나물무침. 우 씨는 고기라도 좀 사 오지 이게 뭐냐고 물었다. 아내는 숟가락을 상 위에 던지고 밖으로 나가 버렸다. 따라 나간 우 씨가 이게 뭐 하는 행동이냐고 하자 아내는 당신이 퇴직금이 있나, 보너스가 있나, 언제 그만둘지도 모르는데 뭘 믿고 생활비를 잘라 쓰냐고 고함을 질렀다. 그해 설에 아내는 고향 집에 내려가지 않았다. 어머니는 여자는 애를 낳아 키우면

어른이 된다고 우 씨를 위로했다.

어머니의 말이 맞았다. 아내는 연경이를 낳고 난 다음 완전히 달라졌다. 오로지 연경이에 한해서였지만 아내는 자신을 잊었다. 잠을 설치고 생돈이 깨져도 행복한 모습이었다. 그 역시도 연경이 때문에 살맛이 났다. 연경이를 마음껏 보지 못하는 것이 가장 큰 불만이었다. 늘 연경이가 일어나기 전에 출근을 했고 잠이 들었을 때 퇴근을 했다. 그러나 그는 연경이가 가지고 놀던 인형, 연경이가 보고 있던 그림책만 보아도 삶의 의욕을 느꼈다. 더 커 봐야 알겠지만 아이는 아내와 달리 얼굴도 하얗고 목도 길었다. 사람들마다 할머니를 많이 닮았다고 했지만 아내는 그 말에 절대 동의를 하지 않았다. 오히려 기분 나빠하기도 했다. 우 씨는 연경이가 어머니를 닮았기 때문에 더 좋았다. 진짜 눈에 넣어도 아프지 않을 것 같았다.

우 씨는 골목 입구에서 아내에 대한 자신의 불만을 달랬다. 아내보다 나쁜 여자도 많았다. 바람이 나서 도망간 여자도 있었고 겁도 없이 카드를 그어 대 빚을 진 여자들도 있었다. 그런 여자들에 비하면 아내는 좋은 편이었다.

양팔을 벌리면 닿을 듯한 골목에서 5층 열 가구가 사는 우 씨의 빌라가 가장 큰 건물이었다. 우 씨는 그 빌라의 201호에 살고 있었다. 21평, 방 두 칸짜리였다. 빈손으로 객지에 나와 집을 장만했다는 것만으로도 가슴이 뿌듯했는데 지금은 값이 너무 많이 내려 당황스럽기만 했다.

우 씨는 손바닥만 한 빌라 마당에 빈틈없이 늘어서 있는 자동차 틈

바구니에서 목을 빼 건물 뒤쪽에 있는 자신의 집을 찾았다. 오늘은 웬일로 불이 켜져 있었다. 그 불빛이 반가워 계단을 빠르게 올라갔다. 발뒤꿈치를 들고 걸어도 구두 소리가 났다.

거실이 어둠침침했다. 희미한 취침등만 켜져 있었다. 우 씨는 빌라 마당에서 본 불빛이 생각나 천장을 올려다보았다. 사각형을 이루는 네 개의 형광등이 딱딱한 가래떡처럼 굳어 있었다.

안방에는 펴진 이불 위에 베개 한 개가 덩그마니 놓여 있었다. 다행히 방안은 따뜻했다. 우 씨는 다시 안방을 나와 연경이의 방을 바라보았다. 16살 난 딸의 방을 한밤중에 들여다보는 게 아버지로서 할 일이 아니란 걸 알았지만 우 씨는 문을 살짝 열고 방안을 살폈다.

연경이는 침대에 누워 있었고 아내는 침대 밑에 이불을 깔고 자고 있었다. 아내와 딸이 깨기를 기다리며 우 씨는 열린 방문으로 고개를 들이밀었다. 무슨 소리인지 알 수 없었지만 들릴 듯 말 듯 희미한 소리가 났다. 창문 틈으로 바람이 들어온 것 같기도 해서 조심스럽게 방안으로 들어갔다. 창문은 끝까지 잘 닫혀 있었다. 우 씨는 창문을 확인하러 온 것처럼 다시 방안을 빠져나갔다. 문고리를 당기려는데 또 소리가 났다. 이번에는 무슨 소리인지 알 수 있었다. 침 넘기는 소리였다. 아내와 연경이, 두 사람 중 한 사람은 분명히 자는 척하고 있었다. 우 씨는 가장의 귀가를 이런 식으로 대하는 가족에게 화가 났다. 뭔가 한마디를 해야 할 것 같았다. 할 말을 찾고 있는데 꼴깍 이번에는 우 씨가 침을 삼켰다. 이상하긴 했지만 할 말을 다한 것 같아 방문을 닫았다. 내일은 다행히 일요일이었다. 한마디쯤 해야겠다고 마음먹었다.

아침 먹는 소리에 우 씨는 눈을 떴다. 아내는 잔뜩 소리를 죽여 연경이에게 쇠고기 장조림을 권하고 있었다.

"이거 최고로 비싼 쇠고기야. 먹어 봐. 이런 걸 먹어야 공부도 오래 할 수 있어. 응?"

아내가 통사정을 하고 있었다.

"안 먹는다니까."

연경이가 벌컥 짜증을 냈다. 입이 짧아 골고루 음식을 먹지 않는 게 연경이의 큰 흠이란 걸 우 씨도 알고 있었다. 어릴 때부터 스님처럼 채소만 먹던 아이였다. 우 씨는 한참 머리 쓸 나이에 고기를 먹어야 한다고 부엌으로 나가 아내를 지원하고 싶은 걸 꾹 참았다. 마음은 벌써 식탁에 가 있었지만 연경이와 아내가 자신에 대해 하는 말을 들어 보기로 했다. 어젯밤에 아빠가 들어왔냐고 묻거나 혹은 아침을 먹었냐는, 지극히 당연한 이야기 말이다. 아버지라는 말만 나와도 우 씨는 자리에서 일어나 식구들과 아침을 먹고 싶었다. 같이 밥을 먹은 게 언제였는지 기억도 할 수 없었다. 그러나 두 사람은 아침을 다 먹을 때까지 한 번도 우 씨 이야기를 하지 않았다. 마치 우 씨가 집에 없는 것처럼.

"아빠 깨워야 되잖아. 회사 늦겠어. 벌써 여덟 시인데."

연경이가 드디어 아버지 이야기를 시작했다. 맞는 말이었다. 중앙동까지 가는 데 한 시간 걸리고 11시부터 손님 받으려면 9시부터 이것저것 준비해야 했다. 손님 수에 비해 주방에서 일하는 사람이 많다고 잔일 하던 아이를 한 명 내보낸 뒤부터는 할 일이 많았다. 파도 다듬어야 하고 땅콩도 삶아야 하고 당근도 길게 썰어 두어야 했다.

"꼭 깨워야 일어나고…… 귀찮아 죽겠다."

우 씨는 자신을 흉보는 아내의 목소리에 벌떡 일어나 앉았다. 아내가 자신을 깨우는 건 오늘처럼 사장을 따라 장을 보러 가지 않아도 되는 날뿐이었다. 한 달에 두세 번 사장에게 일이 생기거나 안주거리가 많이 남아 있을 때였다. 그 외는 아침 6시가 되기도 전에 집을 나섰다. 그때 아내는 자고 있었다. 그런데 귀찮다니? 멀쩡한 생선회 맛이 이상하다 고 트집 잡는 손님을 볼 때처럼 기가 막히고 화가 났다. 아침부터 밤늦 게까지 물 묻힌 손으로 돈 벌어서 밥 먹여 주니까 이 여자가 말하는 것 좀 봐! 꽥 고함을 지르고 싶었다. 그러나 우 씨는 아무 말도 하지 않고 가만히 앉아 있었다. 조금만 있으면 화가 가라앉는다는 것을 알고 있었 다.

우 씨가 방에서 나오자 연경이는 리모컨으로 TV를 끄고 방으로 들 어갔다. 아내는 연경이 실내화를 빨아 베란다에 걸치고는 아무 말 없 이 거실을 가로질러 목욕탕으로 들어갔다. 거실에 혼자 우두커니 있던 우 씨는 연경이가 던지고 간 리모컨으로 TV를 켰다. 연경이가 보던 드 라마였다. 하나도 재미가 없었지만 딸이 보던 것이라서 보고 있었다. 그 는 어젯밤 두 사람이 일부러 자는 척했다는 사실을 떠올렸다. 한마디 해야겠다는 생각이 들어 연경이를 불렀다. 연경이 대신 목욕탕에서 아 내가 고개를 내밀었다.

"연경이 지금 학원 갈 시간인데 무슨 일이에요?"

우 씨는 일요일인데도 학원에 가냐고 물었다. 아내는 벌컥 짜증을 냈 다.

"전교 1등은 그냥 하는 줄 알아요?"

연경이가 고개를 내밀었다가 곧 방문을 닫았다.

우 씨는 아내가 나온 목욕탕으로 들어가 머리를 감고 면도를 하면서 일요일에 대해 생각했다. 30년 동안 일요일이라고 쉬어 본 적이 한 번도 없는 것 같았다. 연경이가 아직 어릴 때, 일하던 식당이 갑자기 문을 닫게 되어 한 보름 가까이 직장을 구하러 다닌 적은 있었다. 그러나 놀았던 기억은 없었다. 분명하진 않지만 이 식당 저 식당에서 아르바이트를 했을 것이다. 아내 말대로 퇴직금도 보너스도 없는 직장이었다. 하루 일을 안 하고 놀고 있으면 그때 먹는 밥은 꼭 피를 팔아서 산 것 같았다. 한 달에 한 번 쉬는 날도 마음이 편하지 않았다. 일을 하지 않으면 하루 일당 십만 원이 든 지갑을 잃어버린 것 같았다.

그런데 오늘은 이상했다. 일요일에 일을 하러 가는데도 아무도 자신을 위로하지 않는다는 사실이 조금 서러웠다. 그는 물 묻은 머리를 수건으로 털면서, 내가 나이를 먹었나 보다 했다.

목욕탕에서 나온 우 씨는 연경이가 밥을 먹던 의자에 앉아 식탁 가운데 놓인 쇠고기 장조림을 바라보았다. 결대로 찢은 쇠고기와 마늘, 고추가 먹음직스러워 보였다. 제일 비싼 쇠고기라는 아내의 말이 떠올랐다. 우 씨는 집에서 밥을 먹지 않았다. 저녁은 늘 먹고 오고 아침은 안 먹고 그냥 출근했다. 그렇게 수십 년을 해도 아무도 걱정을 하지 않았다. 그는 식당으로 출근하는 요리사였으니까. 우 씨는 손님이 주문한 생선회 한두 점 집어먹는 것으로 아침 점심 저녁을 때웠다. 어느 순간부터 아내가 차려 주는 밥을 먹고 싶었지만 자신이 주방장인 한 아내나 그에게나 어려운 일 같았다.

목욕탕에서 베란다로 자리를 옮긴 아내가 별일이라는 듯 우 씨를 바라보았다. 우 씨는 아내의 시선을 모른 척하고 그대로 앉아 있었다. 그는 밥을 반 공기 퍼서 쇠고기 장조림을 먹었다. 아내의 음식 솜씨가 생각보다 괜찮다는 생각을 했다. 아내는 그가 장조림을 하나씩 먹을 때마다 인상을 찡그리더니 다가와서 말했다.

"연경이 먹을 걸 다 먹으면 어떡해요! 당신은 식당에서 최고로 비싼 회를 매일 먹으면서."

우 씨는 큰 잘못을 하다 들킨 것처럼 얼굴을 붉히며 얼버무렸다.

"맛만 본다는 게 너무 맛있어서……."

쇠고기 장조림을 평생 처음 먹어 봤다는 말은 하지 않았다.

일요일은 토요일이나 금요일보다 손님이 더 없었다. 사장도 조카 결혼식에 참석한다고 일찍 나갔다. 사장이 몇 번이나 전화를 걸어 손님을 확인했다. 근처 호텔 투숙객 몇 명이 저녁을 먹으러 왔을 뿐이었다. 사장은 주방장이 혹시 손님을 내쫓은 것 아니냐고 했다. 웃으면서 한 이야기였지만 기분은 조금 나빴다. 10시쯤 문을 닫고 들어가라고 했다.

우 씨가 퇴근 준비를 하고 있을 때 친구 일봉이와 상춘이가 들어왔다. 일봉이는 개인택시 기사였고 상훈이는 보험설계사였다. 두 사람은 다음 달에 있을 동문회 체육대회 문제로 자주 만나고 있었다. 오늘도 그 일로 만났다가 우 씨가 생각나 왔다는 것이다.

일봉이가 식당에 들어서자마자 우 씨의 어깨를 잡았다.

"일요일 하루를 못 빼 준단 말이가. 내가 사장에게 부탁할게. 어디 계시노?"

우 씨가 친구의 손을 떼어 내며 말했다.

"사장 없어."

"뭐? 사장이 없다고."

일봉이는 오는 날이 장날이라며 실망한 표정을 지었다. 상춘이가 일봉이의 옆구리를 찔렀다.

"잘됐네, 뭐. 술이나 실컷 마시자."

우 씨는 두 친구가 나타나기 전부터 술이 먹고 싶었다. 오늘은 손님이 남긴 술도 손님이 권한 술도 없었기 때문에 민숭민숭한 상태였다. 술기운으로 버티던 평소에는 기다리고 기다리던 퇴근 시간이었는데, 이상하게 더 거북했다. 퇴근 생각만 하면 어젯밤의 침 넘어가는 소리가 먼저 들렸다. 껌껌한 가게 밖을 내다보며 혼자서 소주라도 마셔 볼까 했는데 두 친구가 나타난 것이다.

중학교를 마치고 부산으로 올라올 때는 일봉이와 우 씨가 친했는데 몇 년 전부터는 일봉이와 상춘이가 더 친한 사이가 되었다. 일봉이는 몇 년 전에 개인택시를 받았을 뿐 아니라 얼마 전에는 누나와 같이 시외곽에 모텔을 인수한 부자였다. 상춘이는 고등학교까지 마친 후 늦게 부산에 왔다. 집안 사람의 도움으로 새마을금고에 취직을 했지만 삼 년 뒤엔 지방 은행으로 자리를 옮겼다. 직장 상사와 동료를 데리고 올 때마다 우 씨가 주인 눈치 봐 가면서 안주를 챙겨 주었다. 결국 과장 때 명예퇴직을 하고 보험설계사가 되었지만 퇴직금으로 받은 돈으로 15평

아파트 몇 채를 사서 전세와 달세를 놓았다. 그곳에서 받은 달세가 은행원 월급만큼은 된다고 했다.

"오늘은 술이 코와 귀로 샐 때까지 마셔 보자. 괜찮겠지, 우 사장?"

일봉이가 말했다. 우 씨는 주방장이라 하지 않고 사장이라고 말해 주는 친구가 고마웠다. 그리고 사장이 된 것처럼 우쭐해져서 외쳤다.

"걱정 말고 마셔. 안주는 내가 책임질게."

우 씨는 잠시 후 해삼과 멍게, 소라가 담긴 안주를 내와 같이 술을 마셨다. 친구들이 살아 있는 세발낙지와 전복회도 내오라고 했지만 우 씨는 일요일이라 준비되어 있지 않다고 시치미를 뗐다. 세발낙지와 전복은 들어오는 양이 빤해 한 마리만 비어도 표시가 나기 때문이었다.

"체육대회 진짜 안 올 끼가?"

일봉이가 술잔을 건네며 물었다.

"야, 인마. 다른 주방장 한 명 임시로 구하면 되지. 요즘 노는 주방장이 얼마나 많은데. 야가 차 사고로 머리 수술 한번 받고는 일에 중독됐어."

상춘이가 일봉이를 거들었다.

"그래, 같이 가자. 동훈이도 나오는데……."

일봉이가 귀에 대고 작은 소리로 말했다. 동훈이는 얼마 전에 상처한 친구였다.

"그래, 그렇게 하자."

우 씨가 술잔을 내리며 말했다. 동훈이까지 나온다는데 더 이상 변명을 할 수 없었다.

"짜식, 진작 그럴 일이지."

상춘이가 잔을 들었다. 우 씨도 철철 넘치는 잔을 치켜들었다. 체육 대회의 성공을 위하여! 일봉이가 잔을 들어 부딪쳤다.

그 뒤부터 우 씨는 이야기를 듣기만 했다. 일봉이와 상춘이의 대화가 돈에 관한 것으로 넘어갔기 때문이었다. 일봉이가 모텔을 살 때 은행에서 빌렸다는 대출금의 이자가 자신의 월급보다 많았다. 그러고도 순이익이 이자보다 더 많은 걸 보면 대단한 수입이었다. 상춘이도 지지 않았다. 달세를 받던 아파트를 전세로 돌려 그 돈으로 해운대에 새로 지은 아파트를 분양받았는데 프리미엄이 이천만 원 붙었다는 것이었다. 우 씨는 너무 듣기만 한 것 같아 끼어들었다.

"야, 그 돈 나 좀 빌려 주라."

상춘이가 말실수를 한 것처럼 깜짝 놀란 표정으로 물었다.

"뭐 하게?"

친구의 얼굴이 너무 진지해서 우 씨는 실실 웃으며 대답했다.

"우리 연경이 유학 보내게……."

친구들이 와 하고 동시에 웃었다.

"하여튼 병이다. 병! 연경이 없었으면 어떻게 살래?"

친구들이 놀렸지만 그래도 우 씨는 기분이 좋았다.

양주 한 병을 맥주에 섞어 다 마셔 갈 때쯤 상춘이에게 전화가 왔다. 들리는 내용으로는 내일 골프장에 같이 가기로 한 사람이었다. 전화를 끊은 상춘이가 그만 마셔야 되겠다며 자리에서 일어났다.

일봉이와 상춘이가 떠난 뒤 우 씨는 술자리를 대충 정리하고 문을 닫았다. 너무 급하게 마셔서인지 다른 날에 비해 술이 많이 취한 상태였다. 지하철도 버스도 다 끊긴 시간이었다. 술기운 때문인지 춥기도 했다. 우 씨는 호주머니에 두 손을 넣고 걸었다. 가끔씩 다리가 꼬이고 몸이 흔들렸다. 사거리를 통과한 택시가 우 씨 옆에 와서 섰다. 탈까 말까 망설이는데 반대편 남자가 택시를 불렀다. 택시는 텅 빈 거리에서 바로 차를 돌려 손님을 태우고 사라졌다.

8차선 대로가 밤바다처럼 펼쳐져 있었다. 우 씨는 발밑의 차선을 내려다보고 섰다가 선 안쪽으로 한 발을 내디뎠다. 아무도 경적을 울리거나 눈을 부라리지 않았다. 사거리 입구에 선 신호등의 노란 불만 깜빡거렸다. 우 씨는 차선 안으로 걷기 시작했다. 차선을 넘을 때마다 부드럽고 차가운 물이 몸에 휘감기는 것 같았다. 아주 오래전에 갔던 해수욕장이 생각났다. 중3때였을 것이다. 일봉이랑 둘이서, 수영복이 없어 물에는 들어가지 못하고 동네 개처럼 어슬렁거리다 돌아온 기억이 났다. 언제 아내와 연경이를 데리고 해수욕장에 갈 수 있을까. 중앙선을 넘을 땐 바닷물이 목에 감기는 것 같았다. 우 씨는 기약할 수 없는 행복에 콧날이 시큰해졌다.

옛 시청 쪽으로 달려오던 택시가 우 씨에게 큰 소리로 욕을 했다. 저 새끼가 치어 죽고 싶어 환장을 했나. 우 씨는 고함을 지르고 부산역 쪽으로 사라지는 택시의 뒤꽁무니를 바라보았다. 한 번도 죽고 싶다고 생각한 적은 없었다. 교통사고로 뇌수술을 받았을 때도 마찬가지였다.

사람을 태운 택시가 빠르게 지나가고 띄엄띄엄 서 있던 사람들도 홀로 혹은 끼리끼리 자리를 뜨고 있었다. 말을 걸어 오는 사람도 같이 걸어갈 사람도 없었다. 오직 자신뿐이었다. 우 씨는 차도 바깥으로 나와 죽는다는 것에 대해 생각했다. 죽는다는 건 지금처럼 인적이 드문 어두운 밤거리에서 우두커니 서 있는 것과 비슷할 것 같았다.

찬바람이 한번 불고 간 후 몸이 빠르게 식었다. 등줄기까지 얼얼하게 굳는 것 같았다. 찻길 사이로 난 작은 골목으로 들어갔다. 막다른 곳에 밤새도록 영업을 하는 허름한 사우나가 있었다. 지하철이 끊기면 그가 한 번씩 이용하는 곳이었다. 작년까지만 해도 손님이 제법 많았는데 두 달 전에 지하철 역 근처에 대형 찜질방이 생긴 이후로는 손님이 뚝 끊겼다. 손님이 없는 탓인지 청소도 제대로 하지 않고 수도꼭지 고장난 것도 그대로 두었지만 사우나실은 찜질방의 불가마보다 뜨거웠고 수면실 바닥은 잘잘 끓었다. 무엇보다도 찜질방보다 이천 원이 쌌다.

이른 아침에 걸려 온 전화를 받고 나간 엄마한테는 아무 연락이 없었다. 연경이는 책가방을 챙기다 말고 안방을 들여다보았다. 아버지의 이불 위에 엄마의 잠옷만 벗겨진 허물처럼 남아 있었다.

현관문을 잠그고 열쇠를 그 옆의 화분 밑에 두고 집을 나섰다. 엄마가 이렇게 무심한 적은 한 번도 없었는데, 이른 아침에 나간 것보다 연락이 없다는 사실이 더 불안했다. 연경이는 머리를 한번 흔들어 불안을 털어 냈다. 1교시에 영어 말하기 시험이 있었다. 영어 듣기에서 한 개 틀렸고 기말고사에서도 한 개를 틀렸기 때문에 이번 영어 말하기에서는 만점을 받아야 했다. 만점을 받지 못하면 미국서 살다 온 유진이에게 1등을 내주어야 할지 모를 일이었다. 선생님은 1등을 한두 번 못

해도 평균 1등이기 때문에 부담 가지지 말라고 했지만, 연경이는 그러고 싶지 않았다. 한번 놓치고 나면 다시 1등을 해야 한다는 부담 때문에 시험을 망칠 것만 같았다.

연경이는 걸음을 멈추고 말하기 원고를 꺼내 들었다. 학교까지는 걸어서 10분, 친구를 만나 같이 간다 해도 한 번은 외울 수 있기 때문이었다. 그렇게 마음을 다잡았는데도 이번에는 어젯밤에 들어오지 않은 아버지 생각이 났다. 한 달에 서너 번 그럴 때가 있었다. 마지막 지하철을 놓치면 근처 목욕탕에서 자고 온다는 것이었다. 그때마다 연경이는 사회 시간에 배운 비상계엄이 생각났다. 지하철이 끊기면 무엇인가 아버지를 집으로 가지 못하게 막는 것이다. 그것이 무시무시한 탱크나 총이 아니라 택시비라는 사실 때문에 연경이는 혼자 귀밑을 붉혔다. 아버지가 부끄러운 이유는 그런 것이었다. 아버진 시험을 칠 때마다 밤늦게까지 공부하고도 60점 정도의 성적을 받는 반 아이 같아 보였다.

버스가 다니는 산복도로에 닿을 때까지 말하기 원고를 한 번도 보지 못했다. 어젯밤에 들어오지 않은 아버지와 아침 일찍 나간 엄마 생각만 났다. 신호등에서 친구를 만난 이후에야 겨우 불안에서 벗어났다. 연경이는 아버지 엄마 생각에서 벗어나기 위해 썩 친하지도 않은 친구에게 먼저 말을 걸었다.

대부분의 아이들이 호주머니에 손을 넣고 고개를 숙이거나 약간 치켜들고 말하기 원고를 외우고 있었다. 한 번 원고를 볼 때마다 1점씩 감점이므로 무조건 다 외워야 했다. 연경이도 아이들 틈에서 호주머니에 손을 넣고 원고를 외웠다. 마이 파더 웍스 베리 하드. 히 컴스 백 홈 엣 미드나잇. 교실 문이 열리고 담임선생님이 얼굴을 내밀었다. 칠판 주변에 휴지가 굴러다니고 청소함 옆에는 빗자루가 나뒹굴었다. 평소 같으면 이런저런 잔소리를 늘어놓을 텐데 아무 말도 없었다. 조금 얼이 빠진 듯한 모습이었다. 아이들이 선생님의 표정 때문에 원고를 외우다 멈추었다. 선생님은 짧게 한숨을 내쉬고 연경이를 불렀다. 착 가라앉은 목소리였다.

교실 출입문에서 1분단 뒷줄까지, 몇 미터의 거리가 닿을 듯 닿지 않는 허방 같았다. 무릎이 꺾이고 다리가 휘청거리고 눈앞이 어지러웠다. 책가방을 챙겨 주던 짝지가 괜찮냐고 물었지만 연경이는 아무 말도 할 수 없었다. 책가방의 어깨끈을 잡고 나오는데 선생님이 물었다. 택시 타고 혼자 갈 수 있겠나. 연경이는 겨우 고개만 끄덕였다. 선생님이 만 원을 내밀었다.

아버지 사진이 흰 국화에 둘러싸여 있었다. 엄마는 흰 상복 위에 집에서 입고 나간 듯한 검정색 잠바를 입고 아버지 사진 왼쪽에 앉아 있었다. 너무 오랫동안 버스를 기다린 사람처럼 멍한 얼굴이었다. 경찰관과 짙은 화장을 한 여자, 잠바 차림의 몇몇 남자가 앉아 있기도 서 있기도 어색하다는 듯이 서성거리고 있었다.

울음소리도 흰 국화 화환도 없었다. 아버지의 빈소는 맨얼굴에 낡은 옷을 입고 파티장에 나타난 여자처럼 초라했다. 초라함을 잊기 위해서인 듯 계속 이야기를 하던 사람들이 일순 입을 다물고 연경이를 쳐다보았다. 갑작스런 침묵에 엄마도 고개를 돌렸다. 눈이 마주치자마자 엄마가 울음을 터뜨렸다.

"이 일을 우짜겠노? 연경아 너 아부지가, 너 아부지가……."

연경이는 엄마에게 붙잡힌 채로 가만히 서 있었다. 호주머니 안에서 말하기 원고가 만져졌다. 히 컴스 백 홈 엣 미드나잇, 히 윌스 베리 하드. 히 하들리 테익스 레스트, 원고의 내용이 입안에서 뱅뱅 돌았다.

화환이 배달되었다. 아버지의 초등학교 동기회와 아버지가 일하던 식당, 아버지와 같은 일을 하는 요리사 단체에서 보낸 것들이었다. 일봉이 아저씨가 세 개의 화환을 빈소 입구에 듬성듬성 세웠다. 맞은편 빈소의 화환은 두 줄로 빽빽하게 늘어서 있었다.

아버지는 술에 취해 목욕탕의 사우나실에 들어갔다가 죽은 채 발견되었다고 했다. 사우나실 깔판에 닿은 부분은 석쇠 위의 생선처럼 시커멓게 그을려 있었다고 했다. 어떻게 그렇게 바보같이 죽을 수 있는 것인지. 연경이는 부끄러워 고개를 들 수 없었다. 집 밖에서 아버지를 만나면 숨었듯이 어디엔가 숨고 싶었지만 꼼짝없이 빈소를 지켜야 했다. 태어나서 아버지와 함께한 시간보다 장례식에서의 시간이 훨씬 많을 듯했다.

"객지 나와 일 년 열두 달 물에 손 담그고 산 놈입니다. 고향에 묻어줍시다. 연경이 니 생각은 어떻노?"

일봉이 아저씨가 눈물을 흘리며 말했다. 엄마처럼 연경이도 고개만 끄덕였다. 장례식 내내 고개를 숙이고 한마디도 하지 않았다. 꼭 대답을 해야 할 경우에는 고개를 끄덕이거나 가로젓기만 했다.

"그놈이 어떻게 눈을 감았는지 모르겠다. 니가 보고 싶어서 내일이

면 저승에서 돌아올 거다. 용식이 이놈아, 연경이 유학 보내고 죽어야
지⋯⋯."

묘지를 구해 준 일봉이 아저씨가 엉엉 울 때도 연경이는 울지 않았다.
자꾸 입안에 침이 고였다.

출상을 하루 앞둔 날 선생님과 친구들이 왔다. 아이들이 마음을 모
았다며 흰 봉투를 건네주며 울었다. 연경이는 아랫입술을 깨물고 봉투
모서리를 만지작거렸다. 선생님과 친구들이 눈물을 닦으며 영안실 밖
으로 사라질 때 친구들이 부러워 설움이 치밀었다.

날이 밝기도 전에 영결식을 치렀다. 어두컴컴한 영안실 밖에 펼친 상
위에 시든 과일과 딱딱하게 굳은 떡이 차려졌다. 상 위에 놓인 아버지
의 사진뿐만 아니라 옆에 선 사람들 얼굴도 잘 보이지 않을 정도로 어
두웠다.

도시를 벗어날 즈음 차창이 밝아졌다. 일봉이 아저씨가 두 시간이면
화장터에 닿을 것이라고 했다. 연경이는 아버지의 사진을 품에 안고 차
창 밖을 보고 있었다. 조금 떨어진 마을길에서 교복을 입은 아이들이
등교를 하고 있었다. 지금쯤 아침밥을 먹을 시간이었다. 아버진 이미
출근을 했고 엄마는 보온병에 따뜻한 물을 담고 있겠지. 그런데, 장의
차 안이었다. 두 시간 후에 아버지는 한 줌 재가 될 것이었다. 전혀 현
실감이 없었다. 선생님에게 아버지의 사고 소식을 들은 순간부터 영화
나 이야기 속으로 잠깐 들어온 것 같았다. 현실감은 없었지만 어느 정
도 수긍은 할 수 있었다. 어디에선가 이런 일이 있었던 것 같기도 했다.
그러나 아버지가 한 줌 재가 된다는 것은 도저히 믿기지 않았다. 누구

보다도 일찍 출근을 하고 늦게 들어온 아버지였다. 술에 취해 들어온 날은 술이 깨기도 전에 출근을 했다. 감기 몸살로 일찍 들어온 적도 없었다. 그런 사람이 한 줌 재가 되다니? 뭔가 잘못된 것 같았다.

연경이는 발을 들고 장의차의 바닥을 내려다보았다. 발밑 짐칸에 아버지가 있었다. 아버지의 시신을 확인하지 않은 것이 후회스러웠다. 어른들이 검게 탄 부분이 흉하다고 말리기도 했지만 사실은 어떻게 죽었는지 알고 싶지 않았다. 부검도 하지 않았다. 술에 취해 사우나실에 들어간 자체가 자살 행위라는 것이다. 왜 술에 취한 사람을 사우나실에 들여보냈냐고 주인을 추궁하기만 했다. 주인은 아버지를 보지 못했다고 했다. 화장실에 갔다 왔는데 카운터에 삼천 원이 놓여 있었다고 했다. 그 말을 듣고 나서 사람들은 아버지가 죽을 운이었다고 했다. 더 이상 질문이 없었다. 그리고 잠시 후엔 화장이었다.

진짜 아무것도 잘못된 일이 없을까, 연경이는 몸을 돌려 장의차 안을 둘러보았다. 2인용 의자에 한 사람씩 앉아도 빈자리가 있었다. 몇 명 되지 않는 사람들이 모두 눈을 감고 있었다. 일봉이 아저씨와 엄마까지도. 모두 화장터에 빨리 닿기만을 기다리는 것 같았다. 연경이도 차창 밖 풍경을 보고 있다 잠이 들었다.

목장갑을 낀 직원 두 명이 장의차 짐칸에서 관을 꺼냈다. 화장터가 아니라 화장실같이 지저분한 곳이었다. 내년에 새로 지을 것이라는 안내판이 붙어 있었다. 몇 달 뒤에 죽었으면 새 건물에서 화장을 했을 거란 아쉬움이 잠깐 들었다. 아버지의 관이 화로로 들어간 뒤 사람들은 반대편 평상으로 갔다. 어떻게 연락을 했는지 오토바이에 실려 따끈따

끈한 도시락이 배달되었다.

"삼십 분 걸린단다. 밥 먹고 오자. 고향까지 가려면 두 시간 더 가야 되는데 이게 아침이고 점심이다."

사흘 동안 가장 많이 운 일봉이 아저씨 말이었다. 불에 타고 있는 아버지를 두고 떠나기가 어려웠지만 연경이는 아저씨의 손이 이끄는 대로 식당으로 갔다.

김이 나는 시래기국이 스티로폼 상자 안에 가득 들어 있었다. 멸치 볶음과 김치, 콩나물 같은 반찬도 있었다. 장의차를 타고 온 사람들이 일회용 공기 안에 국을 가득 퍼서 먹기 시작했다. 엄마도 다른 사람들처럼 밥을 먹고 있었다. 연경이도 한 공기 가득 밥을 펐다. 보온병에 든 숭늉을 먹고 있는데 화장이 끝났다고 빨리 오라고 했다. 연경이는 숭늉 그릇을 놓고 달려갔다.

아버지의 관을 화로 안에 넣은 직원이 서랍을 꺼내고 있었다. 하얀 뼈 위에서 연기가 피어오르고 있었다.

"저게 용식이가……."

상춘이 아저씨가 코를 풀고 밖으로 나갔다. 다른 사람들도 하얗게 뼈로 남은 아버지를 보기가 민망한지 밖으로 나가 버렸다. 직원이 뼈로 가져갈지 가루로 가져갈 것인지 물었다. 엄마는 뼈로 변한 아버지가 너무 낯선지 아무 대답을 하지 못했다. 직원이 다시 물었다.

"뼈로 가져갈 거요?"

"아니, 가루로요."

가만히 있는 엄마를 대신해서 연경이가 말했다. 이 세상 밖으로 날아

가기에는 뼈보다는 가루가 나을 것 같았다. 직원은 몽땅한 빗자루로 뼈를 쓸기 시작했다. 가지런히 놓여 있던 뼈가 빗자루가 닿자마자 헝클어졌다. 제일 앞에 있던 머리뼈가 구르면서 뒤쪽이 보였다. 머리 안에 이상한 흔적이 있었다. 파란 털실 같은 것이 박혀 있었다. 직원이 뼈를 쓸어 담기 위해 쓰레받기를 가져왔다.

"아저씨, 잠깐만요!"

연경이는 장례식 이후 처음으로 큰 목소리로 화장터 직원을 제지했다. 그리고 주변을 돌아보았다. 일봉이 아저씨와 엄마뿐이었다.

"저게 뭐예요?"

아버지 머리 안에 박혀 있는 털실 같은 걸 가리키며 연경이 물었다. 가느다란 다리가 수없이 달려 있어 머릿속에 숨어 있는 콩벌레 같기도 했다. 엄마도 모르는 일인지 아저씨를 바라보았다.

"너 아부지 총각 때 교통사고당했다 아이가. 그 흉터다."

아저씨가 코를 바닥에 풀며 말했지만 연경이 눈에는 흉터로 보이지 않았다. 머리 안에 숨어 아버지를 조종하는 벌레 혹은 누군가 일부러 심어 둔 바코드 칩처럼 보였다. 그 안에 아버지의 삶은 이미 결정되어 있었던 것 같았다. 일요일도 없이 아침부터 저녁까지 일을 하고 버스가 끊긴 어두운 산복도로를 바람을 안고 걸어 올라와야 했고 지하철이 끊긴 날은 싼 목욕탕에서 밤을 새웠다.

아버지는 머리 안에 자신의 삶을 조종하는 곤충이나 칩이 박혀 있다는 걸 알았을까. 혹시 아무에게도 작별 인사를 하지 못하고 떠난 그 순간 발견한 것은 아니었을까. 아버지가 마지막으로 집에 들어온 날처럼 뜨거운 침이 목구멍으로 넘어갔다. 아버지는 늘 너무 늦게 돌아오셨다. 그날도 책상에서 졸다가 침대에 누웠는데 아버지가 방문을 열었다. 술냄새가 지독했다. 일어나 인사를 할까 말까 망설이다 그만 침을 넘겼다. 아버지가 그 소리를 듣고 야단을 할까 겁이 났는데 아버지는 다행히 창문만 확인하셨다. 발소리를 죽이고 방을 나가는 아버지의 뒷모습이 쓰다 버린 가구처럼 낡아 보여 가슴이 먹먹했다. 입안에 가득 고인 침이 목구멍으로 소리를 내며 넘어갔다. 그 소리를 듣고 아버지는 할 말이 있다는 듯 문을 열고 있다가 꼴깍 침을 한번 넘기고는 방문을 닫았다.

아! 아버지.

연경이는 손으로 얼굴을 가렸다. 뜨거운 눈물이 손바닥을 타고 내렸다.

직원이 쓰레받기에 뼈를 쓸어 담아 분쇄실로 이동하고 있었다. 연경이는 겨우 울음을 멈추고 아버지를 지켜보았다.

그런데 아버지의 머리 안에 저것을 심은 사람은 누구였을까.

불쑥 떠오른 질문이 아버지가 마지막으로 남긴 말 같아서 연경이는 손등으로 눈물을 닦았다.

차 한 대가 올라올 때마다 엄마는 없다고 다짐하기로 했다.

흰 승용차가 올라와도 엄마는 없다, 파란 트럭이 올라올 때도 엄마는 없다,

택시가 올라올 때도 엄마는 없다……

열 번이 넘게 '엄마는 없다'를 외웠는데도 아무 보람도 없었다.

후루룩 마시는 죽 같은 글

저번 주에는 공휴일이라고 글쓰기 반 수업이 없었는데, 이번 주에는 6교시까지만 하고 배구부 응원하러 체육관에 간다고 했다. 아이들은 좋아서 마치 배구 시합에서 이긴 것처럼 고함을 질렀다. 나도 다른 날 같으면 누구보다도 크게 고함을 질렀겠지만, 싸그르르, 등뼈를 훑어 내리는 엷은 아쉬움 때문에 아무 말도 하지 않았다. 놀라운 일이었다. 다른 사람도 아닌 내신 평균 5, 6등급인 나 사이먼이 수업 자르는 것을 아쉬워하다니, 이상한 일이었다. 글쓰기 수업을 꼬박꼬박 할 때는 몰랐는데 3주 연속 안 하니 (몸이 아니라) 마음에 먼지가 앉아 버석거리고 친구들이랑 큰 소리로 떠드는데도 공허하기만 했다.

오늘은 21일 만에 글쓰기 수업을 하는 날. 나는 아침부터 소풍이나 수학여행을 앞둔 것처럼 가슴이 설렜다. 배구 시합은 어떻게 됐냐고? 아, 글쓰기에도 누가 그렇게 관심을 가졌으면 좋겠다. 수백 명이 한꺼번에 몰려와 목청을 돋우어 환호하는 소리를 들어 봤으면……. 글을 쓰는 일은 외로움을 견디는 일이라고 한 선생님의 말에 전적으로 공감이 된다.

배구 시합 날 나는 '초초간지 장영은' '절세마녀 조예진' 같은 피켓을 든 아이들을 따라 체육관에 들어갔는데 자리에 앉자마자 콧속을 파고 드는 지린내에 흠칫 당황했다. 아주 오래 삭은 듯 구린내까지 났다. 아무도 모르게 콧방울을 최대한 팽팽하게 당겨 교복 블라우스의 냄새를 맡고 머리카락의 냄새를 맡고 친구 몰래 팔을 들고 겨드랑이 냄새까지 맡았다. 이상했다. 났다가 나지 않다가, 조금 헷갈렸다. '차분하게 생각하자.' 나는 스스로를 타이르며 시간을 되돌려 감기 시작했다. 아침에 머리를 감았고 어젯밤에 샤워했고 속옷도 갈아입었고 교복 셔츠도 분명히 빨았고……. 이제 의심스러운 곳은 치마뿐이었다. 나는 친구 몰래 치마를 180도 돌려 냄새를 맡았다. 향기는 없었지만 지린내도 없었다.

그렇다면?

나는 친구들을 하나하나 탐색하다가 뒤쪽 화장실을 보게 되었다. 회색 페인트를 칠한 오래된 벽돌 건물과 연두색 나무문……. 21세기에 어떻게 저런 화장실이 아직도 있을 수 있는 것이지, OECD 가입국, G20 회의 개최국의 국격과 저 냄새가 어떻게 공존할 수 있는지. 내가 존재하는 공간과 시간이 순간 의심스러웠다.

화장실 이야기 그만하고 배구 시합 이야기 좀 하라고? 그렇게 꼭 아픈 데를 찌르고 싶을까. 그래, 졌다. 세트 스코어 2:0으로 이기고 있다가 귀신에 홀린 듯 나머지 3세트를 내리 내주었다. 공격은 막히고 수비는 안 되고. 지고 이기고가 너무 분명한 스포츠가 갑자기 겁이 났다. 2:0으로 이겼을 때 선생님들이 흥분했다. 30년 동안 한번도 N여고를 이긴 적이 없으니 그럴 만도 했다. 갑자기 전교생에게 삼다수 한 병이 배달되었다. 우리는 3세트 초반에 삼다수로 건배를 했다. 너무 일찍 샴페인을 터뜨린 걸까. 3세트를 25:22로 내주었다. 물도 마시지 않는 N여고 애들이 얼마나 크게 응원을 하던지, 부리가 긴 중생대의 새들이 한꺼번에 날아와 울부짖는 줄 알았다. 4세트도 졌다. 그쯤에서 그만했으면 했는데 경기는 계속됐다. 5세트도 15:8로 졌다. 우리는 선수들과 울면서 교가를 불렀다. 내년에는 꼭 N여고를 3:0으로 완파할 것을 꿈꾸며. 그러고 보니 작년에도 똑같은 생각을 한 것 같다. 배구 이야기 끝.

3주 만에 글쓰기 수업을 하러 가면서 알게 된 게 또 하나 있다. 글쓰기 수업은 2주를 쉬어도 아무 상관이 없다는 것. 오히려 머리 안에서 봄에 움트는 새싹처럼 말들이 떼를 지어 머리를 내미는 느낌이었다. 수학이나 영어 같으면 어림도 없을 일이다. 그 사실만으로도 너무 행복해서 선생님께 한마디 안 할 수 없었다.

"평생 글 쓰는 사람은 참 좋을 것 같아요?"

"왜?"

선생님이 프린트 물을 나눠 주시며 되물었다

"좀 놀다 해도 아무 상관이 없잖아요. 이렇게……."

나는 오늘 읽고 토론할 소설을 보며 대답했다. 제목이 「엄마 냄새가 난다」였다. 언뜻 화장품 냄새가 스치고 갔다.

"읽고 생각하고 보는 것, 그것도 글쓰기의 일부인데……. 많이 놀았다니까 오늘은 쓰기부터 해볼까."

"아악, 아니에요. 오늘은 이 글부터 읽고."

나는 당장 꼬리를 내렸다.

"선생님, 누가 쓴 거예요. 공모전 수상작인가요?"

영인이 다시 물었다. 대단하다. 그렇게 구박을 당하고도……

"글에만 집중해. 그걸 알면 글이 달라지나."

선생님도 저번 수업과 똑같이 대답하셨다. 선생님도 대단하시다. 글에만 집중해! 어쨌든 좋은 말이다.

영인이가 뭐라 하거나 말거나 소설을 읽고 있던 혜선이 손을 들었다.

"선생님이 주시는 소설에는 왜 아빠들이 없거나 있어도 문제가 많아요?"

"진짜 그래요."

나도, 역시 다리를 벌리고 있던 신영이도 거들었다. 창밖을 보고 있던 선생님이 칠판 쪽으로 걸어오셨다.

"너무 비정상적인 이야기만 하는 것 같지. 어둡고 가난하고…… 원래 소설이 소외되거나 억눌린 사람들의 목소리를 대변하는 것이긴 하지만 꼭 그런 사람들 이야기만을 할 필요는 없어. 남에게 말하지 못하거나 남이 듣지 못하거나 보지 못하는 것에 관심을 가져야지."

"남이 보지 못하고 듣지 못하는 걸 어떻게 알 수 있어요?"

신영이가 눈을 반짝이며 물었다.

"세상과 사람에 대한 관심."

"에이~"

신영이 실망했다는 듯 고개를 숙였다.

선생님이 잊고 잊었다는 듯 갑자기 말씀하셨다.

"오늘 신입 회원 있다."

"신입이요?"

우리는 「엄마 냄새가 난다」를 읽다 말고 일제히 고개를 들었다.

"1학년인데, 다들 긴장해라."

선생님은 신입을 기다리는지 복도 쪽으로 고개를 돌렸다. 어학실 쪽에서 머리를 귀밑까지 자른 애가 노트를 가슴에 안고 오고 있었다.

"여기야. 들어와!"

선생님은 교실 출입문에서 신입을 불렀다.

신입은 조금 부담스러운 듯 우리의 눈을 피했지만 머리를 빳빳이 치켜든 제법 당당한 모습이었다. 키는 글쓰기 반에서 가장 큰 혜선이보다 더 크고, 얼굴은 햇빛을 못 본 지 100일은 된 듯 창백하고, 가느다란 목은 한 뼘도 더 될 것 같았다. 우리들 중 누구보다도 문학적인 모습이었다(일단 나는 그 키에 압도당했다).

"인사는 나중에 하고 일단 수업부터 하자."

선생님은 신입에게도 「엄마 냄새가 난다」를 한 부 주었다.

신입에게 질 수 없다는 듯이 신영이가 볼펜을 입에 물고 소설을 읽고 있었다. 집중할 때의 모습이었다. 그 모습을 보고 영인이 빙그레 웃었다. 선생님도 따라 웃었다. 부처님과 제자라도 된다는 듯이. 영인이는 우리와 급수가 다르다. 괜히 질투가 난다. 그런데 이 소설은 왜 이렇게 잘 읽히지. 분명히 어딘가에 함정이 있을 텐데……. 엄마와 엄마 친구, 할머니까지 중요한 인물이 모두 여자이니 「브래지어」의 주제처럼 여성성과 관련이 있는지 모르겠다. 나는 은봉이가 엄마 친구를 만나러 가는 부분을 다시 펼쳤다.

혜선이가 아까부터 영어 단어를 외우고 있었다. 겨우 묶이는 머리를 두꺼운 고무 밴드로 꽁꽁 묶고 앞머리와 양쪽 귀 옆에 핀을 찔렀다. 머리카락이 바람에 날리는 것이 싫다고 했다. 남자로 태어났으면 빡빡 밀면 될 텐데……. 혜선이를 보고 있던 선생님이 말했다.

"다 읽었나 보네. 혜선이부터 이야기해 보자."

"시시해요."

"왜?"

"돌아가신 엄마를 떠올리는 게 다잖아요. 엄마 냄새도 구체적이지 않고."

"화장품 냄새잖아. 그게 좀 약하긴 하지만."

신영이가 아쉽다는 듯 말끝을 흐렸다.

"쇠고기 장조림 하나에 엄마를 모른 척했던 사람을 이해한다는 것도 억지 같아요."

혜선이가 재차 반격을 했다.

"나는 돌아가신 엄마에 대한 그리움이 잘 나타나 있다고 생각했는데."

선생님은 예상하지 못한 반응에 조금 당황한 모습이었다.

"은봉이가 너무 자주 울어요. 여자애도 아니고."

또 혜선이다.

"쉬우면서도 구체적이지 않고, 현실성이 떨어진다는 이야기인데…….

원래 그리움이란 게 좀 희미하지 않나."

선생님이 애매하게 정리를 하셨다.

"「침 넘기기」처럼 화자가 왔다갔다하지 않아서 좋았어요."

영인이가 그 틈을 놓치지 않고 선생님을 거들었다. 화자? 몇 번 들어 본 말인데 무슨 말인지 잘 모르겠다. 혜선이도 멀뚱한 표정이다. 그 말이 나오기를 기다리고 또 기다렸다는 듯, 선생님만 고개를 떨어질 듯 끄덕거린다.

"화자, 즉 서술자가 누구인가 하는 문제는 소설의 성격을 좌우할 큰 문제지. 누가 이야기를 할 것인가를 결정하는 순간 작가의 세계관도 드러난다고 봐야겠지. 나도 영인이 말대로 단편 소설에서는 서술자가 한 사람인 것이 좋지만 경우에 따라서는 두 사람인 것도 괜찮다고 생각해. 「침 넘기기」 같은 경우 연경이의 시선만으로 우 씨에 대한 설명이 부족할 수 있으니까."

아, 무슨 말인지 이제 알겠다. 문학 시간에 배운 '시점'에 대한 이야기였다. 근데 그게 그렇게 중요한가. 슬슬 아파 오는 머리를 누르며 시계를 보았다. 종 치기 3분 전이다.

"시점은 얼마든지 다양할 수 있지만 「엄마 냄새가 난다」처럼 내용이 너무 단순해서 잘 읽히는 건 문제라고 봅니다."

신입이다. 선생님이 약간 긴장한 표정이다.

"잘 읽히는 게 왜 약점이 되지?"

영인이가 중얼거리듯, 그러나 다 들을 수 있게 말했다.

"그건 후루룩 마시는 죽 맛이기 때문이에요."

갑자기 한 대 맞은 것처럼 정신이 멍해졌다. 선생님이 만족스럽다는 듯이 하하하 웃으셨다. 나는 엄마에 대한 그리움이나 안타까움을 냄새로 표현한 것이 '후루룩 마시는 죽 맛'은 아닌데 싶으면서도 신입의 비유에 질려 아무 말도 하지 못했다. 후루룩 마시는 죽 맛 같은지 읽어봐야 알겠다고? (풋글로 들어오라고 몇 번이나 이야기해야 되지? 댓글도 좀 남기고!)

참, 「침 넘기기」는 최고 조회수를 갱신했다. 무려 15.

댓글도 두 개나 달렸다.

(1) 이제 침도 못 넘기겠네 – 신영.

(2) 흉터를 바코드로 해석한 것이 매혹적이었어요. 내용은 비극적이었지만.

– 지희(신입의 이름이다)

엄마 냄새가 난다

할머니는 벽에 걸린 거울을 떼어 바닥에 세우고 화장품 소쿠리를 앞에 놓았다. 거울 가까이 얼굴을 대고 낯선 듯 잠시 살피더니 어버이날에 인숙이 아줌마가 선물한 로션을 손바닥에 몇 번 쳤다. 엄마 냄새다. 은봉이는 방을 나서다 말고 고개를 돌렸다.

할머니는 로션 뚜껑을 닫고 파운데이션을 손끝에 찍어 내어 얼굴에 바르고 있었다. 그것만 바르면 할머니의 얼굴이 하얗게 변하면서 쭈글쭈글한 주름이 반쯤 사라졌다. 마지막으로 빨간 립스틱을 꺼내 입술에 바르고 허리를 펴며 자리에서 일어났다.

은봉이는 엄마의 갈색 손가방을 든 할머니와 학교 밑에 있는 버스 정류장까지 걸어갔다.

"일찍 와."

한번 더 당부를 하고 할머니와 헤어졌다. 이렇게 해도 할머니는 사람을 만나면 엄마 이야기를 한다고 깜깜하게 해가 진 뒤에야 돌아올 것이었다. 엄마가 남긴 노트 한 권이 할머니를 안내했다. 건강식품을 팔기 시작하면서 엄마가 쓰기 시작한 거래 장부였다. 세로로 여러 개의 칸을 질러 주소, 전화번호, 수금 날짜와 잔액을 적어 놓아서 앞으로 받아야 할 물건 값이 얼마 남았는지 알 수가 있었다. 12달 혹은 24달 할부를 하고 한두 번 정도 수금을 한 손님이 가장 든든했다.

지금은 할부금이 밀렸거나 할부 기간이 길었던 집들이 이 동네 저동네 한두 집씩 흩어져 있었다. 두 번 세 번 찾아가도 돈을 주지 않는 곳도 많았다. 버스를 두 번 바꿔 타고 산복도로 위의 계단을 십 분 넘게 올라가야 하는 곳이 대부분이었다. 아무도 없을 때도 많았다. 할머니는 사람이 올 때까지 대문 앞에서 기다렸다. 술 취한 아저씨가 올라 올 때도 있었고 다리를 절고 오는 젊은 여자도 있었지만 할머니는 악착 같이 돈을 받아 왔다. 돈이 없으면 참깨나 쌀 같은 물건으로도 받아 왔다. 은봉이는 할머니가 받아 오는 할부금이나 물건에는 관심이 없었다. 엄마처럼 차려입은 할머니가 엄마가 탔던 버스를 타고 엄마가 만났던 사람을 만나고 돌아오는 그 자체가 중요했다. 할머니가 혼자 오는 게 아니라 엄마와 같이 돌아오는 것 같았다. 가장 친한 친구인 인숙이 아줌 마도 알아보지 못하던 엄마였다. 할머니가 데리고 돌아오지 않으면 자 기가 누구인지도 모르고 어두운 밤거리를 방황하고 있을 것 같았다.

엄마의 첫 제삿날이었다. 할머니는 인숙이 아줌마가 준 과일을 꺼내 마른행주로 닦고 있었다. 사과가 빤질빤질 빛이 났다.

"비싼 과일을 많이도 보냈네."

할머니는 아무 말도 않다가 겨우 한마디 했다. 어제 저녁에 아줌마에 게 과일을 받을 때도 비슷한 목소리였다. 딱딱하고 쌀쌀한, 약간 비꼬 는 듯도 한 말투다. 엄마 제사 때문이겠지. 이해는 하면서도 왠지 이상 해서 할머니를 돌아보았다. 할머니는 그 옆에 있는 비닐봉지에서 콩나 물을 꺼내 뿌리를 따고 있었다.

"어릴 때 단짝이었는데. 우째 그리 다 잊었는고? 젊디 젊은 것이."

또 그 소리다. 인숙이 아줌마가 엄마를 몰라본 적이 있다며 괘씸해했 다. 그 반대로 엄마가 인숙이 아줌마를 몰라본 것이라고 몇 번을 이야 기해도 막무가내였다. 은봉이는 못 들은 척 TV를 보고 있었다. 제삿날에는 TV를 보는 게 딱이었다. 몇 시간씩 TV를 봐도 공부하란 이야기를 하지 않았다. 할머니는 콩나물을 다듬다 말고 코를 풀었다. 코를 푼 다음에는 또 아무 말도 없었다.

콩나물을 다 다듬은 할머니가 어구구 소리를 내며 부엌으로 나가셨다. 이제부터 콩나물을 무치고 무를 덖고 생선을 구울 것이었다. 방앗간에서 사 온 떡은 이미 흰 접시 위에 놓여 있었다.

상이 비좁아 아줌마가 준 과일을 다 차릴 수가 없었다. 상 밑의 쟁반에 파인애플을 놓고 다시 교복을 입었다. 상 가운데 엄마 사진을 두고 양쪽에 촛불을 켰다.

"절 두 번 하고 술 따르고 또 절 두 번 해라."

할머니는 그 말만 하고 부엌으로 나가 버렸다. 은봉이는 물보다 더 맑은 소주를 잔 가득 부어 엄마의 사진 앞에 올리고 절을 두 번 하고 돌아섰다. 늘 엄마가 보고 싶었는데 막상 제삿날이 되니 담담했다. 제사를 마치자 열 시가 넘었다. 아무것도 먹지 않았는데 배가 고프지 않았다. 한 일도 없는데 피곤하기만 해서 자리에 누웠다. 제사상을 치우면서 할머니가 자주 코를 풀었다.

"이거 갖다 주고 학교 가라이."

엄마의 수금 가방을 챙기던 할머니가 상 밑으로 비닐봉지에 싼 인절미를 내밀었다. 착 가라앉은 목소리였다. 은봉이는 탕국에 만 밥을 한 숟가락 뜨다 할머니를 쳐다보았다. 할머니는 어제 제사를 지낸 뒤 몇 년은 늙어 보였다.

"떡이다. 먹을란가 모리겠다만 그래도 갖다 조라."

은봉이는 TV 위에 걸린 시계를 보았다. 인숙이 아줌마네 가게에 들렀다 가려면 서둘러야 했다. 절반 넘게 남은 밥을 이때까지 먹은 밥보다 몇 배 빠른 속도로 먹었다. 떡도 한입 베어 먹고 생선전도 한꺼번에 입에 넣고. 물도 마시지 못하고 떡이 든 비닐봉투를 가방 안에 넣고 자리에서 일어났다. 아무리 해도 지각을 할 것 같아 현관을 나서다 할머니를 돌아보았다.

"오후에 가면 안 돼?"

"떡이 쉴 낀데……. 니 알아서 해라."

할머니는 시큰둥하게 대답했다.

아줌마네 빵집은 고개 아래 있었다. 내리막길은 시간이 걸리지 않았지만 올라올 땐 오르막이라 시간이 많이 걸렸다. 올라올 때를 생각하여 한달음에 고개를 내려갔다. 너무 세게 달려왔는지 숨이 차다 못해 가슴이 아팠다. 발가락 끝도 아렸다. 이마와 콧등에 땀이 맺혔다. 숨을 고르고 땀을 닦으며 빵집 안을 들여다보았다. 아줌마는 계산대 뒤에서 고개를 돌리고 전화를 하고 있었다. 긴 얼굴과 코, 까만 눈을 가진 아줌마가 깜짝 놀란 듯 계산대에서 걸어 나왔다.

"니가 웬일이고. 이 아침에."

은봉이는 가쁜 숨을 몰아쉬며 떡을 내밀었다.

"할머니가, 갖다 주라고……."

너무 세게 달렸는지 제대로 말을 할 수가 없었다. 반으로 접혀 있던 인절미가 가방 안에서 흔들려 주먹밥처럼 뭉쳐 있었다.

118

"이게 혜영이 제사떡이라고……."

아줌마가 비닐 안에서 떡을 꺼내 곱게 펴기 시작했다. 긴 코 위의 까만 눈동자와 손끝이 가늘게 떨렸다.

"할머니한테 고맙다고 말씀 드려라."

아줌마가 앞으로 걸어와 손을 잡았다. 따뜻하고 부드러웠는데도 은봉이는 뜨거운 솥뚜껑에라도 닿은 듯 황급히 손을 뺐다. 엄마가 돌아가신 뒤 아무도 손을 잡아 준 적이 없어 당황스러웠다. 아줌마는 조금 무안한 표정을 지었지만 다행히 아무렇지도 않다는 듯 등을 두어 번 두드렸다.

"얼마나 엄마가 보고 싶겠노. 친구인 우리도 이렇게 보고 싶은데……."

은봉이는 엄마가 보고 싶겠다는 말에 눈앞이 부옇게 흐려졌다.

"엄마 친구들이 어디에서……?"

"카페가 있어. 남명초등 62라고. 우리가 62회 졸업생이거든. 다들 니 엄마가 보고 싶다고……."

아줌마는 카스테라와 흰 우유를 한 개 꺼내 주었다. 남이 먹을 걸 줄 때마다 넙죽넙죽 받아먹으면 안 된다고 한 할머니 말이 생각나 사양하고 싶었지만 울음이 치밀어 올라 말을 할 수가 없었다. 눈물방울 하나가 툭 소리를 내며 떨어졌다. 은봉이는 눈물방울을 얼른 지우고 빵을 들고 돌아섰다. 인숙이 아줌마처럼 착한 친구를 기억하지 못한 엄마를 이해할 수 없었다.

은봉이는 오르막을 뛰기 시작했다. 빌빌거리며 올라가는 차들이 엔진 소리만큼은 경주라도 하는 듯 요란했다. 눈물을 참기 위해 악 악 악 고함을 질렀다. 아무리 크게 질러도 차 소리에 묻혀 고함 소리가 들리지 않았다.

교실로 들어가는데 다리가 후들후들 떨리고 속이 메슥거렸다. 당장 화장실로 가고 싶었지만 우선 가방을 풀어야 할 것 같았다. 창쪽 두 번째 줄까지 가기가 운동장 몇 바퀴를 도는 것보다 힘이 들었다. 가방을 벗어 책상 위에 던졌는데 아침에 급하게 먹은 밥이 올라왔다. 겨우 몸을 돌려 책상 위에 머리를 숙였다. 지우개 동가리만 한 떡, 생선전, 과일 등이 밥알 사이에 섞여 있었다.

"많이도 처먹었네."

아이들이 코를 싸쥐고 교실 밖으로 나갔다.

정말 엄마의 제사 음식만은 게우고 싶지 않았는데, 눈물이 핑 돌았다. 선생님이 오시기 전에 겨우 구토물을 치웠다. 선생님이 조퇴를 하라고 했지만 고개를 저었다. 2교시 컴퓨터 시간에 엄마의 동창 카페에 들어갈 생각을 했기 때문이었다.

컴퓨터 시간에 선생님 몰래 남명초등 62 카페에 들어갔다. 초기화면에 유리창마다 흰 커튼을 드리운 학교 건물이 나와 있었다. 텅 빈 운동장에 누런 개 한 마리와 반바지를 입은 아이 한 명이 보였다. 창을 가린 학교 건물과 텅 빈 운동장만으로는 엄마의 과거를 알 수가 없었다. 게시판은 다음 달에 있을 30주년 기념행사로 북적거렸다. 인숙이 아줌마의 글도 있었다.

졸업 30주년 기념행사 때문인지 부쩍 혜영이 생각이 난다. 마지막으로 본 게 할인마트 계산대에서였는데. 혜영이는 나를 못 알아보더라. 나는 한눈에 알아보겠던데.

몇 개의 댓글이 올라와 있었다.

└ 몇 년 전 지하철에서 만났는데 전혀 기억을 못하더라. 인사를 한 내가 오히려 미안했다. 큰 손가방과 정장 투피스를 입은 폼이 보험회사 직원 같았는데, 작은 거라도 한 개 들어 주는 건데…….

└ 건강식품 팔지 않았니?

세 번째 댓글은 남자 동창이었다.

└ 우리 회사 사무실로 건강식품을 팔러 온 혜영이를 본 적이 있다. 직원들 책상 위에 껌 한 통과 상품 안내서를 좌악 돌렸는데 부장이 들어와서 혜영이를 내쫓았다. 점심을 먹고 들어오면서 눈이 마주쳤는데, 그때는 혜영인지 아닌지 알 수 없었다.

└ 혜영인 줄 알고 일부러 그런 것 아니가.

└ 섭섭한 소리 마라. 30년 만에 만난 여자 동창 얼굴을 보자마자 우째 알겠노.

└ 맞다. 나도 한 십 년 전에 남천동 소아과에서 봤다. 며칠째 감기 낫지 않는 우리 둘째를 데리고 갔는데 구석에 혜영이가 아들을 안고 앉아 있더라. 동네 소아과에 며칠을 다녀도 낫지 않아 왔다는 이야기까지 주고받았는데 내가 누군지 기억을 하지는 못했다. 애가 아프면 그럴 수도 있다 생각했는데 이상한 건 국

성이를 기억하는 것이었다. 심천리에 살던 신국성이.

2교시 마치는 종이 울렸다. 은봉이는 신국성이란 이름을 외우고 컴퓨터를 껐다.

교문 위 하늘에 저녁 해가 걸려 있었다. 홍시 같기도 하고 귤 같기도 한 해였다. 너무 예쁘고 아름다워 엄마에게 보여 주고 싶었다. 학교 앞 놀이터에 선 노랗게 물든 은행나무도 보여 주고 싶고, 신호등 옆에 감자탕 집이 새로 생겼을 때도 엄마 생각이 났다. 돌아가셨을 때보다 지금이 훨씬 더 보고 싶었다. 며칠 전엔 학교에 핀 국화를 보고도 엄마 생각이 나서 눈물이 핑 돌았다. 국화꽃을 안고 '엄마' 하고 울 뻔했다.

학교를 마치고 집으로 갈 때마다 엄마가 돌아와 있을 것 같았다. 엄마의 발소리가 들리는 듯했다. 시장 바구니 안에 과자와 바나나우유 그리고 소시지나 햄……. 침이 꼴깍 넘어갔다. 침을 넘기고 나면 온몸의 힘이 쫘악 빠졌다.

'돌아가신 엄마가 어떻게……'

가슴이 뻐근하게 아려오면서 눈물이 났다. 눈물을 삼킨 다음에 두 눈을 똑바로 뜨고 내리막길을 내려다보았다. 차 한 대가 올라올 때마다 엄마는 없다고 다짐하기로 했다. 흰 승용차가 올라와도 엄마는 없다, 파란 트럭이 올라올 때도 엄마는 없다, 택시가 올라올 때도 엄마는 없다……. 열 번이 넘게 '엄마는 없다'를 외웠는데도 아무 보람도 없었다. 집이 가까워질수록 엄마가 있을지도 모른다는 기대감이 온몸에 스며들었다. 집에 닿았을 땐 귀 안이 먹먹할 정도로 넘실거렸다.

엄마가 있을 리가 없었다. 부엌 안쪽에 있는 방문은 꼭 잠겨 있고 부엌 바닥엔 할머니의 슬리퍼뿐이었다. 할머니도 돌아오지 않았다. 교복도 벗지 않고 할머니를 기다렸다. 할머니가 갑자기 어디로 가 버린 듯해서 겁이 났다. 얼마 기다리지 않아 방안이 어둑해졌다. 교복을 입은 채로 TV를 보고 있다 부엌문으로 고개를 내밀었다. 골목은 검은 안경을 쓰고 내다보는 것처럼 껌껌했다. 조금 무서운 생각이 들었다. 천천히 일어나 부엌문을 잠그고 시계를 보았다. 6시, 한밤중처럼 깜깜했다. 낮이 긴 여름이 그리웠다. 여름에는 학교 운동장에서 축구나 농구를 할 수 있는데, 어린아이나 볼 TV 프로를 보고 있으니 절로 잠이 왔다.

"은봉아……."

부엌문을 두드리는 소리에 잠이 한꺼번에 달아났다. 은봉이는 졸고 있었다는 게 믿기지 않을 정도로 빠른 속도로 TV를 끄고 무릎을 세워 얼굴을 묻었다. 방안이 껌껌해서 자신이 어디에 있는지도 알 수 없었다.

"아무도 없나. 사람이 있던 것 같던데……."

시장 입구에 있는 예천상회 아줌마 목소리였다. 외상값을 받으러 온 게 분명했다. 아줌마는 더 세게 문을 두드렸다. 여기가 고비다, 은봉이는 뜨거운 침을 삼키며 인기척을 감추었다. 아줌마는 곧 신발을 끌며 골목 저쪽으로 사라졌다.

"이눔아가 교복도 안 벗고 자네. 이거 누가 갖다 놓았노?"

할머니가 풋콩 한 사발을 보여 주며 물었다. 예천상회 아줌마가 생각났지만, 시치미를 떼기로 했다. 은봉이는 서둘러 고개를 저었다. 외상값

받으러 온 게 아니라 천만다행이었다.

할머니가 허겁지겁 저녁상을 차려 왔다. 밥상엔 밥이 한 그릇뿐이었다. 은봉이가 물었다.

"할머니는 밥 안 먹어?"

"별 생각 없다. 괴정까지 갔다 왔더니 다리 고뱅이가 쑤셔 좀 누워야겠다."

할머니는 다리와 무릎을 주무르며 벽을 보고 돌아누웠다. 가느다란 다리를 약간 벽 쪽으로 구부리고 허리를 내밀고 있는 할머니는 누워 있는 것이 아니라 쓰러져 있는 것처럼 보였다. 다리가 아파서 누워 있다는 건 핑계이고 허탕을 친 게 분명했다. 돈만 받았으면 괴정이 아니라 김해까지 갔다 와도 끄덕도 하지 않았으니까.

밥을 먹다가 갑자기 신국성이란 사람이 생각나 할머니의 손가방에서 장부를 꺼내 뒤적였다. 할머니는 나름대로 장부를 정리했다. 삐뚤삐뚤한 글씨로 수금 날짜와 액수를 기록했고 다음 번에 받으러 갈 날짜를 적어 두기도 했다. 아주 멀리 이사를 간 사람은 이사라고 적고 빨간 줄을 두 줄 그었다. 그런데 이사라고 쓰지 않고 빨간 줄을 죽죽 그은 이름도 몇 군데 있었다. 대부분 할머니가 다시는 상종하지 못할 인간말종이라는 사람들이었다. '약을 산 적이 없다. 어떤 년이 그따위 말을 하더냐'고 눈을 부라리는 사람들이었다. 그런 사람을 한번 만나고 나면 할머니는 밥을 먹지 않았다. 오늘 찾아간 사람도 그런 사람이었을 것이다. 신국성이란 사람을 찾아 노트를 몇 장 넘기는데 화가 끓어올랐다.

"어른들이 왜 그래? 물건을 사 갔으면 돈을 내야지."

할머니는 여전히 아무 말도 없었다. 단단히 속이 상한 모양이었다. 저럴 때는 꼬박꼬박 할부금을 주는 집을 찾는 게 좋았다. 은봉이는 노트를 한 장 한 장 넘기며 할머니가 내일 갈 만한 곳을 물색했다. 조금 멀긴 해도 월내가 적당할 것 같았다.

"할머니 내일은 월내의 장수 탕제원에 가. 그 집은 돈도 잘 주잖아."

할머니는 그래도 아무 말이 없었다. 잠을 자나, 은봉이는 거래 장부를 뒤적이면서 생각했다. 할머니에게 신경이 쓰여 사람 이름이 눈에 들어오지 않았다. 차라리 할머니에게 물어 보는 게 나을 것 같았다.

"신국성이란 이름 들어 봤어?"

"신구성이? 누군데?"

할머니는 힘은 없지만 또렷한 목소리로 물었다. 자지 않고 있었음이 분명했다. 은봉이는 할머니의 대답이 반가워 기분 좋게 대답했다.

"엄마 친구라는데……."

할머니가 갑자기 벽을 향해 돌아눕더니 이불을 당겨 귀를 덮었다. 엄마 동창들의 카페에서 본 이야기가 목구멍을 간질였지만 은봉이는 입을 다물었다. 다른 이야기를 하는 게 나을 것 같았다.

"아줌마가 떡 고맙다고 전해 달래."

할머니는 들은 체도 하지 않았다. 은봉이는 섭섭했다. 아침에 얼마나 오르막을 열심히 뛰어올랐는지 아마 노루라도 그렇게 뛰지 못할 것이었다.

"나, 아침에 먹은 것까지 다……."

할머니가 천천히 몸을 돌렸다. 할머니와 눈이 마주치자 그 말이 쏘옥 들어갔다. 대신 아까 한 말을 한 번 더 했다.

"할머니! 아침에 떡 갖다 주었다니까."

그제야 할머니는 마지못한 듯 한마디를 했다.

"잘했다."

할머니는 아침부터 부엌 청소를 하고 있었다. 벽에 걸린 시계를 쳐다본 후 은봉이는 숟가락을 놓고 부엌문을 열었다.

"뭐 해?"

할머니는 못 들었다는 듯이 방과 부엌 사이를 마른 수건으로 닦고 있었다. 하도 자주 닦아 반질거렸다. 은봉이가 좀 더 큰 소리로 물었다.

"안 가?"

"가야지. 보건소에서 혈압약 타 가지고……."

할머니는 은봉이가 열어 둔 방문을 닫았다.

혈압약은 무슨. 저번 주에 한 달치 받아 와 놓고. 갑자기 힘이 쫘악 빠졌다. 그냥 밥상 옆에 눕고 싶었다.

오늘은 월내 시장 근처에 있는 장수 탕제원에 가야 했다. 스쿠알렌 3통과 클로렐라 4통을 24달 할부로 팔았는데 아직 6번 남아 있었다. 해운대 역까지 가서 시외버스를 타고 가야 하기 때문에 일찍 출발해야 했다. 그런데 아직도 저렇게……. 은봉이는 할머니를 모시고 월내에 가고 싶었지만 학교를 빼먹을 수는 없었다. 가느다랗게 숨을 내쉬고 집을 나섰다.

골목 입구에 있는 문방구 앞에서 집으로 돌아오는 같은 반 아이를 만났다. 사회 수행평가 과제물을 가지러 간다고 했다.

"니는 가져오나?"

친구가 가쁘게 숨을 내쉬며 물었다. 은봉이는 고개를 젓고 계속 학교 쪽으로 걸어갔다.

"오늘 안 가져오면 감점 3점이라는데."

친구가 고함을 질렀지만 못들은 척했다. 그까짓 것 3점이 아니라 30 점이라도 될 대로 되라 싶었다.

은봉이는 책상 위에 가방을 던지고 그 위에 엎드렸다. 엄마가 동네 시장 바닥에 어슬렁거리는 미친 여자처럼 될 것 같아 눈물이 났다. 그 여자는 이름도 집도 모른다고 했다. 친한 친구도 기억하지 못하던 엄마였다. 엄마의 영혼도 그 여자처럼 거리를 헤매고 있을 것 같았다.

반에서 덩치가 제일 큰 현석이가 교실 옆에 붙은 식단표를 크게 소리 내어 읽고 있었다. 오이무침, 멸치볶음……. 멸치볶음! 몇 명의 아이들이 일제히 희진이를 쳐다보았다. 희진이 별명이 멸치볶음이었다. 마른 멸치처럼 작고 삐쩍 마른 아이였다. 목도 새처럼 가늘었지만 손가락은 진짜 가늘어서 볼펜을 잡고 필기를 할 때는 새가 나뭇가지를 움켜쥐고 있는 것 같았다. 현석이가 희진이 옆으로 갔다.

"멸치 너 정길이 애인이지!"

현석이 두툼한 입술을 벌리고 웃었다. 희진이 고개를 들고 현석이를 쳐다보았다. 손바닥만 한 얼굴에 눈만 보였다. 눈에 비하면 입은 너무 작아 지워진 것 같았다. 검은 눈동자로 물기가 번져 갔다. 거의 말을 하지 않는 아이였지만 기가 차서 말을 할 수도 없을 것 같았다. 정길이는 선생님들에게도 반말을 하는 2학년, 바보였다.

"정길이하고 희진이하고. 이히힛."

현석이 주위로 그 친구들이 우르르 몰려와 희진이를 놀렸다. 몇몇 아이들이 인상을 찡그렸지만 현석이를 말리지는 않았다.

"희진이하고 정길이하고 사귄대~요."

엎드려 있던 희진이가 책상 위에 있던 필통을 현석이에게 집어던졌다. 지퍼가 열린 필통에서 볼펜과 연필이 우르르 쏟아져 나와 교실 바닥을 굴러다녔다.

"진짠갑다. 희진이 얼굴 빨개지는 것 좀 봐라."

아이들이 재밌다는 듯이 낄낄거렸다.

"조현석, 이 개새끼. 내가 죽을 때까지 니 이름을 잊나 봐라!"

희진이가 고함을 질렀다. 새 다리만 한 손가락이 바르르 떨고 있었다. 그 순간 은봉이는 어머니가 기억한다는 신국성이란 남자가 떠올랐다.

잔뜩 흐린 날씨였다. 교문 위에 걸려 있던 빨간 해도 보이지 않았다. 없으면 없는가 보다 했는데 오늘은 기분이 달랐다. 해처럼 엄마의 영혼도 사라져 버릴 것만 같았다. 은봉이는 천천히 교문을 빠져나가다 갑자기 빠르게 걷기 시작했다. 오락실 앞에서 서성이고 있던 친구들이 불렀지만 대답도 하지 않고 내려갔다. 버스 정류소부터는 급한 내리막길이라 걷기만 해도 빠르게 내려갈 수 있었는데 며칠 전처럼 뛰어 내려갔다.

아줌마네 빵집에 닿았을 때는 너무 숨이 차서 문을 열 수가 없었다. 허리를 바로 펼 수도 없었지만 아줌마의 얼굴을 보는 순간 기분이 좋아졌다. 보기만 해도 엄마의 냄새, 엄마의 목소리가 들리는 것 같았다. 아줌마는 계산대 앞에 선 손님과 이야기를 하고 있었다. 그 사람이 나가면 들어갈 생각으로 숨을 고르고 있었다.

땀이 식으니 으슬으슬 추워졌다. 배도 고프고 머리도 띵했다. 차들이 불을 켜고 달렸다. 그냥 집으로 돌아가고 싶었다. 집 쪽으로 몇 걸음을 떼었다가, 자신이 누구인지도 모르고 세상을 헤매고 있을 것 같은 엄마가 생각나 다시 돌아왔다.

아줌마는 아직도 이를 드러내고 이야기를 하고 있었다. 무슨 말이 저렇게 많지? 와락 짜증이 나서 눈을 감고 있는데 지나가던 아줌마가 되돌아와 가게 문을 열었다.

"학생 한 명이 아까부터 있던데……. 무슨 볼 일이 있는 것 같아."

인숙이 아줌마보다 그 앞에 있던 아줌마가 먼저 밖으로 나왔다.

"쟈 혜영이 아들 맞재? 저 눈매하고 영판이네. 보험 하나 들어 달라고 왔던데. 그때 내가 시어머니, 친정아버지 수술 문제로 여유가 있어야제. 다음에 해주겠다고 돌려보냈는데, 죽었다 하데. 아프다는 말은 없었는데……. 마음에 걸려 죽겠더라. 제일 친한 친구인 니가 지를 못 알아보더라고 되기 섭섭해하던데. 그때 니도 옷가게 망한 뒤로 사는 게 말이 아니었제. 그렇다고 모른 척은 와 했노? 다음부터는 지도 모른 척한다데."

계산대에서 인숙이 아줌마가 걸어와 눈을 찡긋하며 그 손님의 옆구리를 찔렀다. 손님은 바쁜 일이 생각난 듯 인사를 하고 가게를 나갔다.

아줌마는 우유와 카스텔라를 꺼내 주시며 웬일이냐고 조금 굳은 얼굴로 물었다. 말없이 불쑥 나타나서인지 조금 당황한 모습이었다. 아줌마랑 친구가 한 말을 못 들은 척해야겠는데, 입만 다물고 있었다. 다시 무슨 일로 왔냐고 물었다. 목소리가 딱딱하게 느껴졌다. 은봉이는 기어 들어 가는 목소리로 엄마 이야기를 듣고 싶다고 했다. 아줌마는 크게 숨을 들이마신 뒤 의자 하나를 가져와서 앉으라고 했다.

"이십 년 뒤에 니랑 제일 친한 친구 기억하겠나?"

은봉이는 두말없이 고개를 끄덕거렸다.

"그렇지?"

"이십 년이 아니라 오십 년이 흘러도 초등학교 때 단짝친구는 기억 안 하겠나. 너 엄마하고 나는 초등학교만 같이 다닌 게 아니라 중학교도 같이 다녔는데……."

아줌마가 말을 멈추고 가게 밖을 내다보았다. 옆으로 보니 코가 더 길어 보였다. 볼이 패이고 눈초리가 처지고……. 착하게 생긴 얼굴이었다.

"그런데 너 엄마는 나를 몰라보더라. 다른 애들은 보자마자 알아보는데 내 이름을 이야기하고 우리가 놀던 골목, 쑥 캐러 갔던 들, 시험 칠 때 밤샘한다고 같이 모여 공부한 것까지 이야기해도……. 사람 참 무안하데. 너 엄마가 아주 높은 사람이 되어 있었으면 기분이 억수로 나빴을 끼다. 사람 무시해서 그런다고."

아줌마의 말이 조금씩 느려졌다. 자기가 한 말이 맞나 틀리나를 확인하는 것처럼. 은봉이는 엄마가 잘못했다는 듯이 고개를 숙였다.

"처음에는 사는 게 챙피해서 일부러 모르는 척하는 줄 알았는데 그게 아니라 나한테 섭섭해 가지고……. 널 업고 보험 하나 들어 달라고 왔는데 너무 변해서 내가 못 알아봤었거든. 바빠서 길게 이야기할 시간도 없었고. 처녀 때……. 미쳤다고 생각했는데 지금 생각하니 용기가……."

아줌마는 말을 하다 말고 억지로 기침을 했다. 이런 경우를 몇 번 본 적이 있다. 할머니의 사촌여동생이 그랬고 옆집 아줌마가 그랬다. 삼사 년 전에는 엄마와 같은 회사에 다니던 안경 낀 아저씨도 그랬다. 그 사람들은 똑같이 말을 하다 말고 헛기침을 하다 호주로 간 아버지에게 소식이 없냐고 물었다. 호주가 아니라 중국이라고 한 사람도 있었다. 베트남이라고 한 사람도 있었지만 처녀였던 엄마가 애를 낳은 사실만은 변하지 않았다. 그리고 다들 황급히 눈길을 돌렸다.

인숙이 아줌마도 어느새 계산대 쪽으로 걸어가고 있었다. 두세 걸음이었는데 너무 멀리 간 것 같아 은봉이가 큰 소리로 물었다.

"신국성이란 사람 아세요?"

"신국성?"

아줌마가 깜짝 놀라며 돌아보았다.

"엄마 동창이라던데……."

"너 게시판 봤구나."

아줌마가 큰 소리로 물었다. 은봉이는 대답 대신 고개를 크게 끄덕거렸다. 그걸 보고서도 아줌마는 말하기가 곤란하다는 듯이 팔짱을 끼고 있었다. 오늘 학교에서 있었던 일이 생각났다. 아줌마가 쉽게 이야기하지 못하는 것이 이해가 되었다. 친구의 아들에게 동창생 욕을 하는 것이 쉽지는 않을 것이었다.

"엄마를 괴롭혔던 사람이지요?"

"뭐?"

아줌마가 깜짝 놀란 듯 되물었다. 어떻게 그 사실을 알고 있냐는 뜻인 듯했다.

"엄마를 놀리고 물건을 뺏고……."

아줌마는 곤혹스런 표정을 지었다. 은봉이는 현석이를 떠올리며 물었다.

"우리 반에도 있어요. 수업 시간마다 걸리고, 공부는 못하고."

"국성이는……."

아줌마가 딱딱한 얼굴로 말했다.

"가난했지만 똑똑하고 공부를 잘했다. 아버지는 일찍 돌아가시고 엄마랑 단둘이 살았는데 지금은 변호사라 하대. 아마 너도 그 아저씨처럼……."

아줌마가 뭔가 당부를 할 듯한 눈빛으로 바라보았다. 은봉이는 서둘러 인사를 하고 가게를 나왔다. 아줌마가 말하지 않아도 엄마가 그 아저씨를 기억하는 이유 정도는 알 것 같았다.

악 악 악! 고함을 지르며 오르막을 올라갔다. 지나가는 차가 내뿜는 시커먼 연기가 입안으로 들어와도 고함을 질렀다. 그런데 아무리 달려도 인숙이 아줌마와 친구가 하던 이야기가 잊혀지지 않았다. 애초에 아줌마가 엄마를 기억하지 못했던 거라니, 엄마는 얼마나 외로웠을까. 어린 아들을 업고 울면서 집으로 돌아왔을 엄마 생각에, 은봉이는 고함을 지르는데도 자꾸 눈물이 났다.

띄엄띄엄 가로등이 서 있었지만 어두웠다. 금방 눈앞에 스쳐간 것이 고양이인지 바람인지도 알 수 없었다. 학교를 마치고 집에 갈 때까지도 문이 닫혀 있던 맥주집의 유리창에 45도쯤 기울어진 맥주잔이 반짝이고 있었다. 맥주집 옆의 슈퍼와 전자제품 대리점도 불이 환했다. 손을 잡고 감자탕 집으로 들어가는 가족도 있었다. 갑자기 남의 동네에 온 것처럼 낯설었다.

신호등이 바뀌자마자 다시 뛰기 시작했다. 할머니가 밖에서 기다릴 것 같았다. 날씨가 찬데 감기가 들면 큰일이다. 한달음에 집에 닿았다. 할머니는 없었다. 어디로 갔을까. 영도, 구포, 철마…… 부산시 외곽의 구석구석을 떠올려 봤지만 할머니가 어디로 갔는지 알 수 없었다. 월내에 갔을까. 그렇다 해도 돌아올 시간이 지난 것 같은데……. 괜히 수금하러 가라고 했나. 은봉이는 벽을 타고 내리면서 털썩 주저앉았다. TV도 켜지 않은 채 골목을 빠져나가는 발소리에 귀를 기울였다. 옆집의 뻐꾸기가 아홉 번을 울 때까지 할머니는 돌아오지 않았다. 이렇게 늦은 적이 없어서 은봉이는 찻길로 나가 할머니를 기다렸다.

버스 몇 대가 지나간 다음에 할머니가 내렸다. 무거운 짐을 진 것처럼 천천히 버스에서 내린 할머니는 한쪽 다리를 끌며 걸었다. 가방을 들어 주면서 어디 갔다 오냐고 물었지만 할머니는 동문서답이었다.

"추운데 뭐 하러 나와 있노? 어서 가자."

할머니는 말은 그렇게 하면서도 뒤에서 누가 잡아당기기라도 하는 것처럼 느리게 움직였다. 집으로 들어가는 골목 입구에서 할머니는 딱

걸음을 멈추고 구부정한 허리를 펴고 목을 치켜들었다.

"어제 그 집에 다시 갔다 아이가. 몇 번이나 장부를 들이밀어도 물건 산 적이 없다 안 하나. 아무리 사는 게 어려워도 그러는 게 아니라고 일렀다. 니 에미는 안 팔고 팔았다고 할 사람이 아니라고. 외삼촌 호적에 너 올리고 새 출발하라고 해도 내 아들인데 그럴 수는 없다며 기어이 제 호적 만들어 독립한 애다. 배운 게 짧아 그렇지, 얼마나 야무지고 당당했는데……."

할머니는 콧등을 잡고 힝 코를 풀었다. 그 순간 어두운 골목으로 엄마가 돌아오는 듯 엄마 냄새가 났다.

할머니는 아직도 아침 밥상을 차리고 있었다. 동그랗고 작은 밥상이었다. 시험 공부를 할 때는 책상으로도 사용하기도 하는데 책과 노트를 동시에 펼칠 수 없을 정도로 작았다. 반찬 두세 개를 놓으면 비좁을 지경인데 이상하게 아침 내내 부엌에서 식사 준비를 하셨다.

책가방을 다 챙기고 교복을 다 입은 뒤에도 밥상은 좀처럼 들어오지 않았다. 마음같아서는 늦었다고 집을 나서고 싶었지만 꾹 참고 기다렸다. 아침을 먹지 않고 학교에 가면 할머니는 김밥을 사 들고 학교에 오셨다. 3반이란 걸 몇 번이나 말했는데 온 학교를 다니면서 1학년 최은봉을 찾고 다녔다. 담임선생님이 김밥을 건네주면서 다음부터 아침을 먹고 오지 않으면 다시 집으로 돌려보내겠다고 했다.

"은봉아~이."

할머니가 방문을 열고 부엌에서 불렀다. 부엌 마루에 있는 밥상을 방으로 들이는 일은 은봉이 할 일이었다. 상을 받으러 갈 때마다 혹시나 하는 기대감으로 입안에 침이 고였지만 반찬은 똑같았다. 보리쌀 섞인 밥 한 공기, 된장찌개, 김치, 비린내가 많이 나는 멸치볶음. 별 기대도 않고 고개를 내밀었는데 웬걸, 밥상에는 쇠고기 장조림이 한 접시 있었다. 간이 잘 밴 메추리알까지. 침이 꿀꺽 넘어갔다. 은봉이는 얼른 밥상을 받아 밥을 먹기 시작했다. 그렇게 먹기 싫었던 밥을 단숨에 비웠다. 할머니가 된장찌개를 드시다 빼꼼이 들여다보셨다.

"그게 그렇게 맛있나?"

아차차, 은봉이는 할머니에게 좀 드시란 소리도 하지 않고 장조림 접시를 깨끗이 비운 게 미안해서 헤 웃었다.

"더 먹고 싶나?"

할머니가 물었다. 더 먹고야 싶었지만 고개를 저었다. 쇠고기 장조림은 할머니가 할 수 있는 음식이 아니었다. 아마도 위층 주인 아주머니가 방세를 받고 한 접시 주신 게 틀림없다. 더 먹고 싶다 하면 할머니는 염치도 없이 빈 접시를 들이밀며 우리 은봉이 먹게 조금만 더 주시오, 할 것이었다. 할머니가 그럴 때마다 은봉이는 엄마가 슬퍼할 것 같았다.

"아니, 안 먹고 싶어."

은봉이는 또 얻어 오면 화를 내겠다는 뜻으로 자리에서 일어났다.

"빵집하는 너 엄마 친구가 갖다 주더라. 많이 있어."

할머니가 어두운 표정으로 말했다.

은봉이는 아무 말도 않고 밖으로 나와 혼자 중얼거렸다.

'그래도 나는 아줌마가 좋아. 살짝 엄마 냄새도 나고…….'

우리 동네는……

이번 주 일요일에 세 개의 백일장이 열린다고 했다.

"이제까지 갈고 닦은 실력을 발휘할 기회가 왔다."

선생님은 우리가 글쓰기 연습을 날마다 한 것처럼 비장하게 말씀하셨다.

"샘, 요즘은 읽기 연습만 했잖아요."

혜선이가 따지듯이 질문을 했다. (역시 혜선이다.)

"운동 선수는 체력 훈련이 중요하듯이 글쓰기에는 읽기가 중요하다. 많이들 읽었으니까 어지간히 쓸 수 있을 거다."

긴가민가했지만 듣기 싫은 말은 아니었다.

"나눠 가는 게 수상에 유리하겠지."

선생님은 중요한 작전이라도 되는 것처럼 목소리를 낮추었다.

"다들 일장일단이 있다. 참여하기만 해도 봉사점수를 주는 구청 백일장이 있고, 입상하면 특기자 전형의 기회가 주어지는 동성대 백일장이 있고, 마지막 건……."

우리의 눈이 반짝 빛났다. 처음보다 두 번째가 훨씬 조건이 좋으니 세 번째는 아마도 참여하기만 해도 특기자 전형이 주어지는 것 아닐까. 우리는 침 삼키는 것도 참으며 다음 말을 기다렸다.

"세 번째는 혜택은 없는데 의미는 있어."

의미? 이미 엿 바꿔 먹은 지 오래인데. 우리는 다들 콧방귀 비슷한 걸 뀌며 고개를 숙였다. 동성대냐 봉사점수냐를 결정해야 할 것 같았다.

"하야리아 부대라고 서면에 있는 미군 부대인데, 그곳을 일제강점기부터 거의 100년 만에 되찾았거든."

"히말라야라고요?"

신영이가 선생님의 말을 잘랐다.

"아니 하야리아. 초대 사령관의 고향 이름을 따왔다는데……"

"그 사람 고향 이름을 왜 부산에다 붙여요?"

신영이가 그 이름 때문에 못 가겠다는 듯이 투덜거렸다,

"내일 오전 11시부터 백일장이 열려. 하야리아 반환 사실과 그 역사적 의미를 시민들에게 알리기 위한 목적인데……"

"선생님, 저는 동성대에 가겠습니다."

영인이가 먼저 손을 들고 말했다. 우리들 중 누구보다도 아니 유일하게 입상 가능성이 있다고 판단하신 걸까. 선생님이 고개를 끄덕거렸다.

"혜선이와 저는 구청 백일장에 가겠습니다. 봉사활동 점수도 받고……"

이번에는 신영이의 말이었다. 봉사활동 점수도 문제지만 영인이랑 같

은 대회에 참여하는 것이 부담스러운 탓일 것이다. 선생님은 입을 잠시 꽉 다물고 있더니 신입을 바라보았다.

"너는?"

"저는 교회에 가야 합니다."

신입은 당당하게 불참을 선언했다.

"교회?"

선생님이 조금 당황한 표정으로 물었다.

"예."

신입은 다시 한 번 당당하게 대답했다.

"그럼 각자 알아서 참석해라. 시간, 장소, 교통편 꼭 확인하고."

그렇게 해서 나는 아무도 몰래 하야리아 부대에서 열린 백일장에 참여하게 되었다.

일요일 아침에 엄마는 열 시까지 자고 아빠는 퇴근을 하자마자 바로 기장의 중학교 체육관에서 레슬링 자원봉사를 한다. 일주일에 단 한 번 가족과 얼굴 보는 시간까지도 운동하러 가는 게 미안한지 이상한 변명을 했다. 운동을 할 때는 몰랐는데 나이가 드니 레슬링이 더 좋다고. 학교 다닐 때도 레슬링밖에 몰랐다 한 것 같은데. 그래도 한 곳에 빠져 사는 아빠가 그렇게 싫지는 않다, 검도나 펜싱처럼 폼이 안 나는 게 좀 아쉽긴 하지만.

컵라면을 끓여 밥을 말아 먹고 보조가방에 필통과 받침대로 쓸 만한 두꺼운 파일을 넣고 집을 나섰다. 하야리아 부대라면, 몇 년 전에 살았던 곳이라 가는 길은 훤했다. 높은 담에 막혀 햇빛과 바람이 들지 않아 어둡고 축축하고 끈적끈적하고 더러웠던 곳. 어서 다른 곳으로 이사를 가야겠다, 엄마는 하루에도 몇 번씩 다짐을 했다. 그래서일까. 다른 곳으로 이사를 가고 나서는 그곳에 살았던 이야기는 거의 하지 않았다. 하지만 말을 하지 않았을 뿐 기억들은 생생했다. 같은 반이었던 지니까지……

천천히 집 앞 찻길을 건너 계단으로 내려섰다. 아, 오늘은 이 계단을 설명할 시간이 충분히 있다. 이사 온 다음 날 아빠가 중요한 정보라도 되는 듯 내 손을 잡고 가르쳐 준 계단이다.

"이 동네는 계단이 많아 잘못 들어갔다가는 길을 잃을 수도 있어. 꼭 큰 계단으로만 다녀야 돼. 이상한 놈들도 많고."

계단을 처음 본 순간 3층 건물 베란다 창틀에 걸쳐 둔 사다리를 내려다보는 것 같았다. 그 계단을 내려오자 놀랍게도 찻길이 나왔다. 집 앞 찻길보다 조금 넓었다. 그 찻길을 건너자 다시 계단이었다. 크기도 기울기도 비슷해 보였다. 즉, 3층 건물 베란다 창틀에 걸쳐 둔 사다리처럼 보였다는 말이다. 아빠의 뒤를 따라 계단을 내려왔다. 다시 찻길이었다. 첫 번째, 두 번째 찻길보다 조금 넓었다. 시내버스도 다니고 슈퍼마켓도 있고. 어딘가 낯익다 했더니 학교 후문이었다.

"이 길로 다니면 십 분도 안 걸려. 버스보다 더 빠르다니까."

아빠는 자기가 그 길을 만들기라도 한 것처럼 의기양양했다. 사다리 세 개를 내려왔을 뿐인데 하늘에서 땅으로 옮겨온 듯했으니 그럴 만도 했다. 그러나 며칠 뒤 빠른 것보다 더 놀라운 사실을 알게 되었다. 계단

양옆으로 작고 구불구불한 계단이 두세 개씩 더 달려 있다는 것이었다. 자세히 보지 않으면 눈에 띄지도 않을 작은 입구였다. 나 역시 할머니 한 분이 그 구멍으로 사라지는 것을 보고 알게 되었다.

모의고사를 친 날이었다. 성적이야 어떻든 일찍 마치니 기분이 좋았다. TV를 보면서 라면을 먹을 생각으로 계단을 올랐다. 서너 계단 앞에 집배원 아저씨가 있었다. 갖다 주시는 건 휴대폰 요금 고지서뿐이지만 늘 반가운 분이었다. 아저씨가 슬쩍 우편물을 보더니 할머니가 사라진 주먹만 한 골목으로 들어가셨다. 그 안에 누가 살고 누가 우편물을 받는지 궁금했다. 조금 무서웠지만 아저씨를 따라 골목 안으로 들어섰다.

진짜 작은 골목이 나왔다. 아빠 베개만 한 계단들이 이리저리 휘어지며 이어지고 있었다. 문 한 짝이 대문이자 출입문인 집들이 나타났다. 낡은 운동화와 작업복이 걸려 있고 라면봉지와 과자봉지가 버려진 쓰레기통이 한쪽 구석에 있었다. 아저씨는 그 집 문 앞에 통신요금 고지서 같은 우편물을 던지고 골목을 빠져나갔다. 몇 걸음 더 가자 반쯤 열린 문으로 사람의 머리가 보이고 TV 소리가 크게 들려왔다. 나는 남의 집 안방에 들어온 것처럼 살금살금 발꿈치를 들고 골목을 빠져나왔다. 나중에 안 일이지만 그런 골목들이 큰 계단에 몇 개씩 달려 있었다. 그러나 모든 골목길이 큰 계단으로 연결되는 것은 아니었다. 어떤 골목은 꽤 깊이 들어왔는데 예상치 못한 데서 턱하니 막히기도 했고, 어떤 골목은 들어오자마자 막히는 곳도 있었다. 어떤 골목이건 꽃과 나무가 있었다. 마당이 좁아 덩굴 식물처럼 담에 붙어 사는 동백도 있고, 그

마당도 없어 대문 밖 깨진 고무통이나 스티로폼에서 자라는 장미도 있었다. 마당은 좁고 화분은 깨졌어도 동백과 장미는 살 만하다는 듯이 붉고 두툼했다. 꼭 골목이 나뭇가지처럼 팔을 뻗어 꽃과 나무를 피워 내는 것 같았다.

지하철을 탔다. 일요일이라 그런지 지하철 안은 한산하다. 빈 의자에 앉아 생각을 정리했다. 주제는 있지만 이야기가 너무 억지여서도 안 되고, 이야기만 있고 주제가 없으면 안 되고, 개요를 먼저 짜고, 막연하고 일반적인 문장이 아니라 정확하고 개성 있는 문장으로……. 나는 선생님이 해주신 말 사이로 초등학교 때의 친구 지니를 떠올리고 있었다.

지니는 학교에서는 진희라 불렀다. 눈이 파랗고 얼굴이 밀가루 반죽처럼 하얬지만 머리카락이 검고 키가 너무 작아 그 애 아빠가 부대 안의 미군이라는 것을 믿는 아이는 반반이었다. 그러나 미국에 간 아빠가 데리러 온다는 말은 아무도 믿지 않았다. 진희는 아빠가 보낸 것이라며 크레파스와 필통으로 자랑을 했지만 아이들은 입을 삐쭉거리며 수군댔다. 저렇게 생기다 만(어른들은 그렇게 표현했다) 아이를 뭐 예쁘다고 미국까지 갔던 사람이 데리러 오겠냐는 것이었다. 그 말을 듣기라도 하는 날이면 진희의 하얀 얼굴은 붉은 토마토처럼 변했다.

엄마는 진희랑 노는 것을 좋아하지 않았지만 나는 진희가 주는 미국 과자와 학용품이 좋았다. 진희네 집에는 우리 집에 없는 게 많았다. 큰 TV, 이상하게 생긴 술병, 그리고 건물과 어울리지 않는 희고 고운 양탄자.

6학년 1학기를 마칠 즈음 아빠가 돌아왔다고 했다. 진희는 의기양양하게 어깨를 쫙 펴고 날마다 미국 과자를 뿌렸다. 나에게는 큰 바비 인형을 주었다. 방학을 며칠 앞두고 진희는 부대 안으로 이사를 갔다. 딱한 번 수업을 마치고 진희랑 부대 안으로 가 본 적이 있었다. 이미 낯이 익었는지 문을 지키고 있던 군인이 아무 말도 않고 진희와 나를 통과시켜 주었다.

회색의 낡은 철문 안으로 들어서는 순간 나는 어지러워 진희의 손을 잡았다. 쫙 뻗은 길과 가지런한 나무들, 너무 넓고 조용하고 환했다. 누군가 밝은 불을 켜고 우리를 지켜보고 있는 것 같기도 했다. 진희와 나는 길가의 나무에 바싹 붙어 큰길을 지나고 모퉁이를 돌았다. 똑같이 생긴 그림 같은 집들이 마주 보고 있었다. 진희는 무엇을 확인하는 듯 잠시 걸음을 멈추더니 귓속말을 했다.

"저기 구석에 내 이름 적어 놨다."

정말 '진희'라는 이름이 문턱 아래 조그맣게 적혀 있었다.

미군 두 명이 우리를 맞이했다. 한 명은 키가 컸고 한 명은 키가 작았다. 누가 진희의 아버지인지 알 것 같았다. 키 작은 군인이 나를 보더니 곤란하다는 듯이 양손을 벌리고 어깨를 으쓱했다. 진희와 나는 집 밖화단 자두나무 밑에서 놀았다. 쑥처럼 생긴 풀이 향기가 진했다. 허브라고 했다. 잎이 삐쭉삐쭉한 다른 풀에서는 또 다른 향기가 났다. 냄새가 각각인 잎들을 따서 진희에게 향기로운 저녁상을 차려 줄 참이었다.

"개새애끼야. 꺼져!"

갑자기 등 뒤에서 소리가 났다. 돌아보니 초등학교 다닐까 말까 한 아이들이 공을 튕기고 지나가면서 우리에게 욕을 했다. 조그만 미국 아이들이 우리말로 욕을 하는 게 기가 찼다. 일어나면서 주먹을 쥐고 가운데 손가락을 펴며 퍽유! 욕을 하려는데 진희가 옷을 잡아당겼다.

"저 씨발놈들이 우리나라 욕을 더 잘해."

진희가 조그맣게 욕을 하다가 이내 눈물을 보였다.

"부대 안에서도 나를 싫어해."

나는 푸른 풀물이 든 손으로 친구를 달랬다.

"미국 가면 괜찮을 거야."

진짜 괜찮았을까, 갑자기 생각이 멎었다. 진희를 그리워하는 것으로 끝을 맺으면 될 것 같았는데, 그렇게 하면 진희의 아픔이나 상처를 덮어 버릴 것 같았다. 우선 미국 가면 괜찮을 거야,는 지우고……. 그런데 그 다음 이야기가 생각나지 않았다. 버스를 바꿔 타고 부대 정문 앞에서 내릴 때까지도 글자 하나 고치지도 보태지도 못했다.

시간이 넉넉한 것 같았는데 시작 10분 전이었다. 허겁지겁 정문 안으로 들어섰다. 행사장으로 안내하는 화살표를 따라 가다가 잠깐 멈춰 섰다. 우선 진희가 살던 집을 확인해야 할 것 같았다. 곧고 넓은 길을 따라 가면 똑같이 생긴 집들이 나오고 집 앞에 자두나무가 있고 허브가 무성하고……. 너무 넓어서 찾을 수가 없었다. 그런데 이상하다. 우리는 좁고 칙칙한 골목길 아니면 사다리처럼 높은, 그것도 고가 사다리같이 높은 계단 위에 살고 있었는데 미군들은 어떻게 도시 한가운데 이렇게 넓고 평평한 곳을 차지하고 있었던 걸까. 갑자기 떠오른 생각에 머릿속이 지끈거렸다.

"언니!"

오른쪽 나무 아래 벤치에서 부르는 소리에 고개를 돌렸다.

(믿기지 않는데) 신입이다.

"너 교회 간다며?"

나는 깜짝 놀라 물었다.

"오후에 가기로 했어요. 저 건물 앞에서 접수하고 원고지 받아 오세요. 한 시까지 마감이래요."

신입이 재촉을 했다.

"제목이 뭐래?"

나는 지하철에서 구상한 이야기를 쓸 수 있기를 기대하며 물었다.

"우리 동네와 신발 중 택일!"

신입은 짧게 대답하고는, 무슨 생각이 떠올랐다는 듯 고개를 숙였다.

진희 이야기를 쓸 수 없어서 아쉽기는 했지만 그렇게 어려운 제목(아니, 제재라고 해야 하나?)은 아니었다. 나는 천천히 사람들 뒤를 따라 접수대로 갔다.

362번, 접수 번호가 적힌 원고지를 받았다. 초록색 줄이 그어진 400자 원고지다. 400개의 칸을 보니 노트북 컴퓨터 자판이 생각난다. 어느 곳을 눌러도 글자들이 다다닥닥 쓰일 것만 같다.

나는 신입의 반대쪽 나무 밑 벤치에 앉았다. 학교와 이름을 쓰자 첫 문장이 떠올랐다.

"우리 동네는 얼핏 보면 비스듬한 벽을 타오르는 담쟁이 넝쿨 같다. 햇빛을 반사하는 유리창도, 널찍한 베란다도 없다. 사각형 반창고 만한 창문이 바다를 향해 있을 뿐이다. 그러나 자세히 보면 우리 동네는 담쟁이 넝쿨이 아니라 크고 작은 가지에 무수한 잎을 단 나이 많은 나무를 닮았다."

소설은 세상에 다는 댓글일 것

글자 수 83,702자, 낱말 20,821개, 문단 1,057개……. 네 번째 책이다. 첫째 책으로부터 6년, 세상은 변했고 혹은 변하지 않았고 나는…… 늙었다. 아침마다 해운대에서 수정동으로 출근을 했고 저녁마다 수정동에서 좌동으로 퇴근을 했다. 일주일에 24시간씩 수업을 했고 아주 가끔 술자리에 불려 나가 맛없는 맥주를 받아 놓고 잠깐 졸기도 했다. 자주 책상 위의 작은 화분에 심긴 아이비를 보면서 나의 운명을 읽으려고 애를 썼다. 천식, 비염, 위염, 방광염, 대상포진, 림프부종, 어깨 근육통……. 갖가지 약을 먹었지만 누군가 아이비의 작은 줄기 하나를 잘라 놓았을 때가 가장 슬펐다.

『부끄러움들』은 두 겹으로 되어 있다. 4편의 짧은 소설과 그 소설을 읽는 아이들의 일상. 아이들은 자신이 필요한 만큼만 소설을 이해하고 수능 공부에 지장이 없는 만큼만 기억한다. 그러다 수능 공부에 지칠 때면 아주 잠깐 소설을 들여다본다. 소설을 읽고 난 아이의 먹먹한 얼굴, 가볍게 고개를 흔들어 소설에서 빠져나오는 아이……. 이미 소설은 아이의 현실이 되고……. 그 자리에 소설이 개망초처럼 피어나는 것 같았다.

열넷, 열다섯, 열여섯, 열일곱, 열여덟, 열아홉. 내가 만난, 『부끄러움 들』에 나오는 아이들이다. 아이들은 부모가 누구든 어디에 살든 사과 향이 났다. 그 향기 때문일까. 아이들은 나도 모르는 것을 알고, 내가 숨기고 싶은 것도 알고, 내가 두려워하는 것을 무서워하지 않고, 누군 가를 비난할 줄도 알고, 용서할 줄도 알고, 깊고 큰 상처와 아픔을 안 고 환하게 웃기도 하고……. 내가 아이들에게 용기를 주는 게 아니라 아이들이 내게 용기를 주었다. 그래서 아이들의 눈으로 나를, 어른들을 보게 했지만 이것이 청소년 소설인지 청소년 소설이 아닌지 나는 모르 겠다. 어떤 형식이든, 소설은 세상에 다는 댓글일 것이다. 이 소설이 달 아 놓으나마나 한 시시한 댓글이 아니었으면 좋겠다. 부디 이 장마와 이 장마 뒤에 온다는 태풍 속에서도 살아남아 뿌리를 내리고 가지를 뻗었으면…….

사진을 찍어 주신 조갑룡, 박상욱 선생님, 친절하고 부드럽고 깐깐한 신수진 편집장님께 감사드린다. 가족과 풋글 반 친구들의 성원도 잊지 않겠다.

2011년 7월 장마가 끝나기를 기다리며

부산에서 정영선